다카야마 마코토
高山真

도쿄외국어대학교 프랑스어학과를 졸업하고 출판사에서
잡지 및 단행본 편집자로 일했다. 퇴사한 뒤 프리랜서 편집자이자
에세이스트로 활동하며 칼럼을 연재했다. 저서로는
『하뉴 유즈루는 도움닫기를 하지 않는다』, 『하뉴 유즈루는 혼신을 다한다』,
『뒤얽힌 연애』, 『사랑이 독인가, 독이 사랑인가』 등이 있다.
2012년 '아사다 마코토'라는 필명으로 소설 『에고이스트』를 발표했고,
2020년 작가가 사망한 뒤 본명으로 다시 출간됐다.
2023년 소설 『에고이스트』는 마쓰나가 다이시 연출,
스즈키 료헤이와 미야자와 히오 주연으로 영화화됐다.

에 고 이 스 트

에고이스트

에고이스트

에고이스트

다카야마 마코토 장편소설

유권주 옮김

민음사

일러두기

1 이 책은 高山真, 『エゴイスト』(小学館文庫, 2022)를 저본으로 번역했다.
2 이 책의 각주는 모두 옮긴이와 편집자가 작성했으며 편집자 주는 따로 표시했다.

차례

1

시골집으로 돌아간다. 오로지 그 일 때문에 비싼 옷을 산다. 시골 동네에서 끝내 벗어나지 못한 동급생으로 하여금 이를 갈게 하고 싶은 사람이라면 모두 똑같이 행동하리라고 나는 지금도 믿고 있다. 평상복 차림을 하고 시골집으로 돌아갈 수 있는 사람은 애당초 고향을 떠나지 않았어도 되는 사람이었으리라.

셔츠 가슴 부근이나 청바지 뒷주머니…… 가장 눈에 잘 띄는 자리에 명품 브랜드의 로고나 금속판 따위가 붙은 제품만으로 몸을 감싼다. 워낙 무던한 탓에 도쿄의 친구들 사이에선 바로 수다거리가 되는 내 옷차림조차, 한 시간에 고작 두 대밖에 오가지 않는 단선 철도의 지역 전철에서 초등학교,

에고이스트

7

중학교 동창생을 맞닥뜨리면 돌연 갑옷으로 그 의미를 바꾸었다.

도쿄에서 신칸센을 타고 세 시간 좀 더 가면 고다마 신칸센만 정차하는 역이 있는데, 거기서 다시 기존 국철로 갈아탄 뒤 다섯 번째 역에서 또 한 번 지역 전철로 바꿔 타고 십여 분 동안 흔들거리다 보면 우리 집에 이른다. 휴일에는 오직 차로 움직이는 사람들이 사는 시골의 전철에서도 평일 저녁이면 아는 얼굴이 두세 명 보인다. 우연히 평일 저녁에 고향을 찾았던 스물일곱 살 겨울에 그 점을 깨달은 뒤로 나는 언제나 그들과 맞닥뜨리기를 바라고 있다.

더위가 질질 이어지는 8월 하순, 기존 국철 노선에서 내려 지역 전철로 뛰어드니 전철 속 가운데 통로의 오른쪽 대각선 방향으로 내가 은밀히 '돼지 1호'라고 부르던 동급생 남자가 혼자 앉아 있다. 이 전철에서 그를 만나기는 스물일곱 살 이후 두 번째다. 나는 양옆의 승객을 배려하는 척하면서 명품 브랜드가 울퉁불퉁 박힌 보스턴백을 대수롭지 않다는 듯 바닥에 내려놓는다. 그러자 동급생이 내 티셔츠 가슴 부근에 꿰매진 명품 금속판과 바닥에 놓인 가방을 뚫어지게 번갈아 쳐다본다. 그 모습에 뺨으로 반응하며 싱긋 웃고 싶은 충동을 간신히 억누르고 나는 손에 쥔 문고본 책에서 눈을 돌리지 않는다.

전철이 역 안에 도착한다. 운전석 바로 뒤에 놓인 전철표 수거함에 표를 넣은 다음 전철에서 내린다. 유인 개찰구는 십 년도 더 전에 없어졌다. 여기저기 금이 간 지붕 없는 플랫폼으로 나서면 아무도 손질하지 않아서 어른 허리까지 자라 버린 선로 옆의 잡초들이 땅에서 올라오는 열과 끈적거리는 바람으로 온통 한들댄다. 일 킬로미터 정도 앞에 자리한 바다의 냄새가 여기까지 풍겨 온다. 2층 이상의 건물은 거의 찾아볼 수 없는 마을인 것이다. 허름한 수산 시장에 쌓인 생선 상자 냄새와 바닷바람에 뒤섞인 녹슨 쇠붙이의 냄새가, 빼곡히 들려오는 매미 울음소리를 빠져나오는 동안 끈적끈적 발효되어, 시장에서 맡을 때보다 훨씬 숨 막히는 냄새로 다가온다.

나와 눈을 마주치지 않은 채 딱딱한 표정으로 전철에서 내린 동급생으로부터 조금 거리를 두고 걸어간다. 동급생도 평상복 차림이었다. 작업복으로 갈아입어야 하는 직장에서 일하고 있으리라. 목이 축 늘어난, 지나치게 커다란 티셔츠. 오래 신어서 헌 데다 바깥쪽이 무척 닳은 스니커즈 뒤꿈치는 아무리 호감을 가지고 봐도 매력을 느낄 수 없다. 나는 입꼬리가 올라가는 것을 간신히 참는다. 이 나이가 되어서야 나는 마침내 이 시골에서 웃을 수 있었다.

십 대의 기억을 진심으로 즐겁게 이야기할 수 있는 사람을 부러워했던 시기는 이미 지났다. 웃으며 이야기할 수 있는 과거가 없는 까닭에 나는 시골 동네에서 벗어날 수 있었다.

어린이집에서도, 학교에서도 '오카마'* 혹은 '오토코온나'**로 불렸다. 왜 그런 식으로 나를 부르는지 이해하지 못했던 나는, 4학년 여름 방학 때 서클 활동 시합에서 옆 동네 학교의 6학년 남자 학생을 넋 놓고 쳐다본 뒤로 '무슨 말을 들어도 수긍하면 안 돼. 녀석들이 이상한 게 아니고, 내가 이상한 거야.'라고 생각을 고쳐먹게 되었다. 나조차 깨닫지 못했던 비밀을 녀석들은 훨씬 전부터 알아챈 것이다.

중학교에 들어가니 괴롭힘은 더욱 교묘해졌다. 아침에 신발장에 가면 내 실내화는 여봐란듯이 쓰레기통에 버려져 있었다. 아주 드물게 실내화가 제자리에 있어도 그 속에는 양면테이프로 붙여 둔 압정이 정렬돼 있었다. 교실에 가면 내 의자와 책상이 사라져 있는 건 다반사였다. 선생님이 미술실에 붙여 놓은 열 명 정도의 학생이 그린 그림 중 내 그림에만 본래 모습을 알아볼 수 없을 만큼 낙서가 돼 있었다.

선생님한테 기대려고 하진 않았다. 미술 선생님은 학기

---

* オカマ. '여성적인' 복장이나 말하기, 행동을 하는 남성 또는 남성 동성애자를 가리키는 차별 용어.
** おとこおんな. '오카마'와 비슷한 차별 용어로서 '남성적인' 겉모습, 말하기, 행동을 보이는 여성을 가리키기도 한다.

말이면 그 그림들을 떼서 학생들에게 돌려준다. 선생님은 그저 난처하게 웃는 얼굴로 아무 말 없이, 내게 낙서투성이 그림을 건넸다.

쉬는 시간에 화장실에 가려고 자리에서 일어선다. 교실문 근처에 여자 아이들 셋이 몰려 앉아서 얼굴을 맞대고 만화책을 읽고 있었는데, 마침 그 만화책이 눈에 들어왔다. 이성에게 깊이 빠진 듯한 주인공의 고양된 감정이 여러 가지 꽃으로 표현돼 있었다. 초등학교 4학년 때의 기억이 되살아난다. 그때 느꼈던 기분을 학교의 그 누구에게도 품을 수 없었다. 그러나 다시 그 기분을 느낀다면, 아마 그 기분은 아무에게도 말하지 않는 사이에 벌써 감지되고, 꽃이 아닌 썩은 고기의 냄새를 풍길 터다.

아무것도 밝히지 않았을 때부터 나는 이미 사람 취급을 받지 못했다. 그 점이 알려지고 나면 생명체로 존재하는 일마저 어려워질지도 모른다.

중학교 2학년 때 여름 방학의 마지막 날, 교과서와 숙제만 가방 속에 넣으면 다음 날 개학 준비가 끝나는데도 나는 영 해치울 수가 없었다. 문득 생각했다. 이제 이만하면 되지 않았나. 스스로 죽음을 선택할 수 있는 지금, 내 의지로 끝내고 싶다.

태풍이 다가왔을 때 바닷가로 향했다. 방파제에 부딪혀

깨지는 파도가 머리 위로 떨어지기만을 기다렸다. 학교에서 돌아오는 도중에 한없이 선로 위를 걷는 것이 일과가 되었다. 그러나 다가오는 전철이 경적을 울릴 때마다 옆으로 비켜섰다. 밤마다 손목에 칼을 대 봤다. 세로로 깊게 긋지 않으면 소용없음을 알고 있었에도 도저히 그럴 수가 없었다. 미세하게 번지는 피보다 몇 배나 더 쏟아지는 눈물을 흘리고 있노라면 언제나 창밖이 밝아 왔다. 다음 세상에 가고 싶다고 간절히 바라면서도 그 바람을 가장 먼저 배신하는 사람은 바로 나 자신이었다.

스스로에 대한 절망과 비교하면 주변에 대한 절망 따위는 아무것도 아니었다. 계절이 바뀔 무렵에는 학교에서 일어나는 모든 일들이, 마치 불투명한 유리 저편에서 일어나는 듯 어렴풋하게 느껴졌다. 수업 중에 선생님이 무언가를 이야기하고 있음은 알겠는데 뭘 이야기하는지는 모른다. 몸에서 모든 힘이 빠진다. 그 상태로 얌전히 있기만 하면 된다. 주위 학생들이 집에 돌아갈 준비를 하면 나도 집에 돌아가기만 하면 그만이다. 하루 종일 아무것도 느끼지 않으면 아무렇지 않은 일에 힘을 빼지 않아도 된다. 제대로 죽기 위해서 힘을 모으자. 단지 그 생각뿐이었다.

그 후 반년 동안은 정말로 편했다. 어머니가 암으로 돌아가시기 전까지는.

어머니는 팔 년 동안 입원과 퇴원을 반복했다. 그것은 당연한 나날이었고, 모르는지 알고 싶지 않은지 그 당연한 일조차 반드시 끝이 있음을 나는 상상한 적이 없었다. 아버지의 차를 타면 삼십 분 정도 걸리는 병원에서 가는 데에만 두 시간 가까이 걸리는 큰 병원으로 옮겼음을, 코에 집어넣은 투명한 튜브나 침대 옆에 늘어뜨린 두꺼운 비닐 채뇨백 등 지금껏 없었던 것들이 문병을 갈 때마다 하나하나 늘어나고 있음을 눈치챘음에도 '어머니가 죽는다.'라는 현실만큼은 시신이 집으로 돌아올 때까지 좀체 보이지 않았다.

평일 한밤중에 어머니가 죽음을 맞이했을 때, 난 마지막 눈동자를 뵙지 못하였다. 근처에 사는 친척들이 모여서 어머니와 아버지를 맞이했다. 다다미 사이에 눕힌 어머니와 그 머리맡에 앉은 아버지를 둘러싸고 모두 울었다. 누군가가 불경 구절을 읽으려고 경상(經床)* 서랍을 열었더니 안쪽에 어머니가 쓴 편지가 있었다. 입원하기 전에 남기신 것이리라.

"이렇게 돼서 원망스럽고 슬퍼요. 미안해요. 정말로 미안해요. 고마워요. 고스케를 잘 부탁드립니다."

친척 한 분이 비명을 지르듯 울기 시작했다. 아버지도 양손으로 얼굴을 감싼 채 신음하듯이 운다. 아버지가 우는 모습

* 불경을 읽을 때 사용하는 책상.

은 처음 봤다. 콧물과 눈물을 닦는 일마저 잊어버린 내 머릿속에, 초등학교 시절 어머니와 몇 번이나 나눴던 대화가 빙글빙글 맴돈다.

"우리 고스케가 어른이 돼서 아내를 맞이할 때까지 엄마가 건강해야 할 텐데."

"응. 나는 커서 의사가 될 거야. 엄마 병도 고쳐 주고 오래오래 살게 할 거야."

"정말? 기쁘네."

나는 정말로 그렇게 생각했었다. 내가 병을 고쳐 주겠다고 생각했었다. 그런데 어머니의 죽음이 다가왔음도, 그 죽음을 어머니가 각오했음도 전혀 몰랐다. 나는 그 일 년 동안 아무것도 보지 않았다. 나 자신 말고는 아무것도 보지 않았던 것이다.

일주일 동안 상을 치르고 학교에 갔다. 실내화는 더럽혀지지 않았고 책상은 제자리에 있었다. 담임 선생님이 미리 일러두어서 아이들이 조심한 것일까. 안도감도, 기쁨도 솟아나지 않았다. 불투명한 유리가 차츰 더 흐려지는 것 같다.

조회 시간, 조의에 대한 답례로 같은 반 학생들에게 노트가 한 권씩 주어졌다. 아버지가 분명 담임 선생님에게 미리 부탁했을 것이다. 모든 학생들에게 노트가 다 돌아갔을 즈음, 초등학교 때 나를 '오토코온나'라고 불렀던 놈이 옆자리 남자

학생과 말로 장난하기 시작했다.

"이게 뭐야. 왜 과자가 아니고? 바보 같아."

"할머니 한 사람 죽었다고 난리네, 참."

계속 떠들어 대는 두 사람의 목소리는 더 이상 귀에 들어오지 않았다. 관자놀이 근처에서 비행기가 날아가는 것 같은 금속음이 들린다. 배 속에서 뭔가가 끓어오르기 시작하더니 전신으로 퍼져 나가며 여기저기 찢어질 듯했다. 비명이 터져 나오려는 것을 간신히 참는다. 어금니가 깨질 것만 같았다. 그런데도 자리를 박차고 일어나서 달려들지 못한다. 이런 놈들이 감히 어머니를 모욕하는데 쥐어 패지 못한다!

책상 위에서 꽉 움켜쥔 주먹은 어느새 새하얘졌다. 엄마, 죄송해요. 정말로 죄송해요. 이런 아들이라서 죄송해요. 힘도 약하고 용기도 없어서 정말로 죄송해요. 그 대신 이제 죽고 싶다고 생각하지 않을게요. 이런 놈들 때문에 죽고 싶다는 생각은 꿈에도 하지 않을 테니까요. 엄마의 병을 이제 고쳐 드릴 수 없지만 십 년 뒤, 이십 년 뒤에 이놈들이 알지 못하는 세상에서 번듯이 살아남을 거예요!

1교시 수업이 시작되었다. 지난 반년 동안의 시간이 거짓말이었던 듯 선생님의 이야기가 잘 들려온다. 이놈들과 같은 고등학교에는 갈 수 없다. 이놈들과는 같은 장소에서 살 수 없다. 이 돼지 같은 놈들한테 신경 쓰면서 살아갈 이유 따

에고이스트

15

위는 세상 어디에도 없다. 그렇게 생각한 순간, 학업에 집중하기가 한결 쉬워졌다.

왜 이토록 쉬운 일을 여태 몰랐을까, 하고 생각한다. 다시 태어나고 싶다면 한 번은 죽어야 한다. 어머니가 죽었고, '죽고 싶다.'라고 생각하던 내 안의 무언가 역시 죽었다. 그리고 곧 학교에서 일어나는 모든 일들이 하찮게 여겨졌다. 돼지가 지껄이는 소리에 기분이 흐트러지다니, 가당찮다. 게다가 뭐든 피차일반 아닌가. 그깟 돼지에게도 좋고 싫음은 있을 것이다. 나의 방식과 돼지의 방식, 좋아하지 않는 방식이 서로 다를 뿐. 이렇게 간단한 사실을 지금까지 몰랐다니.

아주 드물게 학교의 후미진 곳에서 맞을 때가 있었다. 그런 일을 당할 때만 선생님에게 알렸다. 당황한 선생님 앞에서 마음속으로 중얼거렸다.

'돼지들을 돌보는 일이 당신 바람이었잖아. 이것도 월급에 포함된 일 아닌가.'

고등학교는 동네에서 가장 명문인 곳을 선택했다. 그놈들과 얼굴을 마주 볼 일은 이제 없었다. 도쿄에 위치한 대학교의, 그것도 프랑스어학과에 들어간 이유는 '프랑스어를 배운 사람이 할 수 있는 일은 시골엔 없으니까.'였다. 대학교에 다니는 사 년 동안, 도쿄마저 시골과 똑같이 느껴진다면 프랑스에라도 갈 작정이었다. '여기'만 아니라면 어디든 좋았다.

일을 시작한 지 오 년째 되는 겨울, 고향으로 향하는 지역 전철에서 어머니가 돌아가셨을 때 경솔하게 입을 놀렸던 두 마리 돼지 중 하나와 우연히 맞닥뜨렸다. 그 순간 몸이 위축됐는데, 먼저 눈을 돌린 건 저쪽이었다. 그때 입었던 가죽 코트, 신었던 신발, 손에 들었던 보스턴백은 벌써 유행이 지났지만 나는 아직 버리지 않았다. 그때 맛보았던 감정을 보존할 수 있는 실마리라면 전부 남겨 두고 싶었다. 전철에서 내리기 전까지, 조금 떨어진 좌석에 앉아 연신 자신의 헌 가방을 추레한 패딩 점퍼로 가리면서 내 모습을 힐끔힐끔 훔쳐보던 '돼지 1호'가 있었다. 나는 그제야 열 살 때의 바람이 비로소 이루어졌음을 깨달았다. 그 뒤로 옷은 내게 갑옷이 되었다.

　　오늘 두 번째로 재회한 '돼지 1호'는 삼십 년 넘게 손보지 않은 역 건물을 나간 다음, T자형 교차로에서 우리 집과는 반대 방향으로 빠르게 걸어갔다. 차가 겨우 스쳐 지나갈 정도로 비좁은 역전 큰길에는 인기척이 거의 없었다. 몇 개의 좁다란 길을 돌아서 집에 도착하니 아버지가 벌써 퇴근하고 귀가해 있었다. 텔레비전을 보고 있던 아버지가 뒤돌아본다.

　　"그래, 왔구나."

　　"응. 일찍 왔네."

　　"아, 그러고 보니 사흘 전에 중학교 동창회에서 엽서가 왔더라."

"일단 가지고 있을게. 답장은 도쿄에 돌아가서 할 거야."

"그래."

예전에 동창회에서 보내온 엽서를 아버지로부터 건네받았을 때 내용은 전혀 보지 않고 곧장 쓰레기통에 버렸던 적이 있다. 아버지는 친구를 함부로 대하지 말라며 엄하게 말씀했다.

아버지에게는 괴롭힘당한 일을 말하지 않았고 앞으로도 털어놓을 생각은 없다. 계속 같은 동네에서 살아왔고, 일도 친구도 걱정할 것 없고, 반주를 들면 반드시 "이 동네는 좋은 데야.", "도쿄 같은 곳에서 사는 애들은 이해가 안 된다."라며 같은 말을 되풀이하는 아버지에게, 당신 아이가 그 '좋은 데'에서 괴롭힘을 당했다고 알리는 일은 가혹할 터다. 서른두 살 때 어머니가 쓰러졌고, 마흔 살에 아내를 잃은 사람에게 또 새로이 무거운 짐을 안겨 줄 수는 없다. 내게 아버지란 같이 살지 않기에 관계가 좋은 사람이었다.

아버지에게 꾸중을 들은 뒤로, 이런 편지들이라면 도쿄까지 가져가서 세절기로 갈아 버린다. 물론 답장 따위는 단한 번도 한 적이 없다.

"아빠, 엄마 불단에 향 피우고 나서 바로 밥 준비할게."

"그래."

손을 씻고 불단 앞에 앉는다. 경상의 서랍을 열어 보니,

그때의 편지가 집에 올 때마다 미묘하게 위치가 바뀌어 있음이 눈에 띈다. 아버지도 몇 차례고 다시 읽은 것이리라.

양초에 불을 붙이고 향을 태운 뒤 향로에 꽂았다. 손을 모아서 까맣게 잊어버린 불경 대신에 머릿속으로 어머니에게 말을 건넨다. 어머니에게 하는 말은 언제나 똑같다.

'일은 그럭저럭 잘하고 있어. 친구도 몇 명인가 생겼어. 그때 교실에서 했던 다짐은 이루어졌어.'

그리고 마지막으로 입 밖으로 내어 중얼거린다.

"미안해요. 미안해요."

새삼 게이인 것이 나쁘다는 생각은 조금도 없다. 누가 뭐라고 말하든 차갑게 웃으면서 한 방 먹일 수 있다. 하지만 어머니 앞에서는 "미안해요."라는 말만을 되풀이한다.

내가 결혼할 때까지 열심히 살겠다고, 어머니는 말씀했다. 그러면 나는 어머니의 병을 고쳐 주고 싶다고 대답을 살며시 바꿨다. 어머니가 돌아가신 뒤 나는 살아남는 길을 택했다. 결혼을 하거나 아이를 갖는다는 등 내가 할 수 없는 것들 때문에 괴로워하는 짓은 바보 같은 일이라고 생각했다. 그것 말고 다른 무엇을 할 수 있었겠는가.

나에겐 가족이 없다. 어머니가 품었던 바람, 아마 아버지는 여전히 가지고 있을 바람, 그 모든 것들로부터 나는 등을 돌렸다.

2

'큰 도시는 큰 숲보다 몸을 숨기기 좋았다.'

고등학교 1학년 때 읽었던 미시마 유키오의 소설 『가라 앉은 폭포』*의 첫 문장은 도쿄에 온 뒤로 얼마간 내 최고의 친구였다. 그 말은 예상외로 진실이었으니까. 이름만 아는 향 수를 한번 맡은 순간 아예 포로가 되어 버린 사람처럼, 나는 그 말을 탐닉하듯이 반복해서 읽었다. 도쿄에 온 지 일 년이 지나고, 그 말이 나의 것인 양 친숙해졌을 때 나는 몸을 숨기 지 않고 드러낼 수 있는 곳으로 걸어가기 시작했다. 바와 클

---

*   [편집자 주] 1955년, 일본의 소설가 미시마 유키오가 발표한 장편 소설. 댐 건설 현장을 배경으로, 한 남녀의 격동하는 연애 심리를 보여 주며 예술과 애정, 자연과 기술의 문제를 다루는 작품.

에고이스트

럽으로. 숨기는 일이든 드러내는 일이든 장소만 고를 수 있다면 내 의지대로 통제할 수 있다. "도쿄는 사람이 살 만한 곳이 아니다."라는 아버지의 말씀에, 나는 한 번도 고개를 끄덕인 적이 없다.

게이 친구가 생겼을 때 좋아하는 것에 침을 뱉고 좋아하지 않는 것에 침을 흘리는 연기에서 비로소 해방됐다. 몸속이 뜨거워졌음에도 자꾸 소름이 돋았다.

이성애자 남자 친구들이나 여자 친구들이 내가 게이라는 사실을 마치 옷 취향이 다른 정도로 가볍게 받아들이고, 돌아오는 금요일의 밤놀이에 대해 아무렇지 않게 바로 상담하러 왔을 때 무릎이 떨리는 것을 넘어 그 자리에서 곧장 쓰러질 것 같았다. 손에 넣을 수 있기를 꿈꾸기는커녕 아예 바라는 것 자체를 포기했던 일들이 도쿄에서는 가능했다. 대학교를 졸업한 뒤 출판사에 들어간 까닭은 월급도 그럭저럭 괜찮고, 전근이 없기 때문이었다.

도쿄에 오고 나서 나의 전투력은 틀림없이 강해졌다. 그 황홀한 고양감이란 연애가 불러일으키는 고양감과는 비교할 수조차 없는 것이었다.

열아홉 살 때 처음으로 남자와 잤다. 그때 관계를 마치고 잠꼬대하는 남자 옆에 앉아 있자니 눈물이 고였다. 하지만 그 남자하고는 석 달 만에 끝나 버렸고, 그 뒤로 두세 번의 연애

역시 길어야 이 년 조금 넘는 정도였다. 이십 대 중반, 어차피 끝장날 관계에 모든 것을 걸 수는 없다고 느낀 뒤부터 연애는 '없으면 매일같이 바라는 것'이 아니라 '포획할 가치가 있는 목표물이 나타났을 때에만 의식이 향하는 것'으로 바뀌었고, 그런 의식마저 몇 차례 서로를 지칠 때까지 탐하고 나면 연애 직전에 끝나 버리기 일쑤였다. 말을 걸어 오고 또 말을 걸고, 두 달이 지난 뒤에는 서로 말을 걸었다는 일 자체를 거의 다 잊어버려도 별로 외롭다고 느끼지 않았다.

자유로울수록 고독해지는 것은 당연하다. 고독을 '뼈아 픈 일'이라 굳게 믿으며 당당한 얼굴로 '연애를 하지 않는 것은 고독하다는 증거'라고 내뱉는 사람들과는 슬며시 거리를 두게 되었다. 연애에 재능이 없는 정도야 내게 큰 문제가 아니다. 싸워야 할 상대는 늘 시골 동네에 있었고, 싸우는 재능이 있든 없든 그 전투만은 계속해야 했으니까.

그동안 연일 밤을 새도 이상하지 않은 잡지 편집 일을 핑계 삼아 살아왔지만 어느덧 서른이 넘으니 눈 깜짝할 사이에 살이 붙으며 몸이 처지기 시작했다. 에디 슬리먼이 디자인한 디올의 옷은 런웨이에선 매번 몸서리칠 정도로 멋있는데, 정작 매장에서 재킷을 입어 보면, 아마 실제보다 십 퍼센트는 날씬하게 보이도록 만들어진 거울일 텐데도, 실루엣이 엉망이었다. 앤 드뮐미스터의 재킷이나 상의는 몸을 움직일 때 옷을 입은 사람의 신체가 훤히 드러나는 순간 가장 아름다워 보이는데, 사람에 따라서는 그 찰나가 그저 우스갯짓일 뿐이다, 예컨대 바로 나. 이런 이야기를 친구에게 늘어놓은 적이 있는데, 그렇게 웃어넘기는 데에도 한계가 있었다. 시골집에서 돌아온 지 얼마 안 된 때, 여전히 질릴 듯한 더위가 계속 이어지던 9월 초순에, 하라주쿠에서 동갑인 게이 친구와 차를 마시는데 그 친구가 반쯤 쓴웃음을 지으며 말했다.

"너도 말이야…… 오 년 전쯤에는 허리가 나 만하지 않았어?"

그 친구에겐 군살이 전혀 붙어 있지 않았다.

"뭐 그렇지. 이젠 수다거리로 삼기에도 한계가 온 것 같아."

"좀 더 말하자면, 너가 꺼리는 사람한테 휘둘릴 수도 있어."

"그런 건 질색이야. 체형 따위로 바보들 앞에서 위축되어야 하다니 참…… 역시 헬스장에 다녀야 하나."

"그럼 개인 트레이너를 붙이는 게 좋아. 효율적으로 몸을 만들 수 있지."

"그건 헬스장 직원한테 부탁하면 될까?"

"그래도 되는데, 헬스에 미친 게이한테 부탁하는 것도 방법이지. 어디를 어떻게 단련해야 섹시하게 보이는지, 그런 건 게이가 훨씬 잘 아니까. 헬스장에 상주하는 트레이너한테 갑자기 '이성애자냐, 게이냐?'라고 물어볼 수는 없으니, 바깥에서 찾아보는 편이 낫지 않아? 그리고 그렇게 찾아낸 사람하고 상담하는 편이 더 싸기도 할 테고."

"그래? 그런데 어디서 찾아야 좋을지 모르겠네."

사흘이 지나고 친구가 연락해 왔다. "내 친구의 지인 중에 일거리를 찾는 사람이 있대. 난 전혀 모르는 사람인데, 한번 만나 볼래?" 그리하여 소개받은 사람이 나카무라 류타였다.

조건을 의논하고자 처음 나를 만나러 나온 류타는 여덟 살 연하였는데, 속쌍꺼풀이 있는 눈과 오뚝한 콧대가 인상적인 꽤나 미남이었다. 고등학교 시절부터 운동을 해 왔다는 그의 몸은 어깨도 앞가슴도 다부졌고, 그만큼 허리 역시 탄탄해 보였다. 특수 촬영 드라마의 주인공* 같은 얼굴에 레슬링 선수 같은 몸을 가지고 있으니, 이쪽 세계의 말로 표현하자면 '틀림없이 비싸게 거래될 물건'이었다. 하지만 나는 약속 장소인 하라주쿠의 찻집에서 바보 같을 정도로 정중하게 말하며 연신 고개를 숙이는 류타의 모순적인 모습에 무엇보다도

---

*　「울트라맨」, 「가면라이더」 등 특수 촬영 기법으로 제작한 슈퍼히어로물, 괴수물에 해당하는 장르.

에고이스트

끌렸다.

"다른 일을 하고 있는데 약간 불규칙해서, 한 이 주 동안 남는 시간에 개인 트레이너로 일했으면 해서요."

대개 얼굴도 몸도 아름다운 게이는 다른 게이 앞에서 강력한 무기를 가지고 있음을 스스로 잘 알고 있다. 거기에 젊음이라고 할까, 세상 물정 모르는 순진무구함까지 더해지면 눈앞의 게이에게 불현듯이 오만해지는 태도를 감출 수가 없다. 그 오만함이란 대체로 자각할 수 없기에 더욱 나를 짜증나게 한다.

류타는 지금껏 만나 온 그런 종류의 남자들과는 완전히 달랐다. 머리 스타일도 그다지 공들인 듯 보이지 않았고 청바지와 오래 입어서 헌 티셔츠는 아무 데서나 팔 것 같은, 매정할 만큼 수수한 옷이었다. 그럭저럭 정리한 눈썹을 보고 외모에 아주 무심하지는 않음을 겨우 짐작할 수 있었지만, 그 이상 정성을 들이지 않는 까닭이 단지 바빠서인지 애초에 그럴 생각이 없어서인지는 알 수 없었다. 그러나 나는 그 소박함에 호감이 갔다. 열네 살 무렵부터 끊임없이 스스로를 내모는 데에만 집중했던 나의 절박함과는 전혀 다르게 느껴졌다.

다른 무엇보다도 "스물네 살이 막 된 참"이라고 얘기하는 류타가 정중한 말씨를 한 번도 어기지 않고 있다는 점이 묘했다. 상대를 엄격하게 대하는 연상의 사람들하고만 일을 하거나, 아니면 달리 대인 관계에 신경 쓰지 않는 일을 하더라도 평소에 아주 엄하게 스스로를 통제하고 있으리라.

"자, 그럼 이제 휴대폰 문자로 서로 날짜를 조율해서 일정을 잡아 보자. 일 회에 두 시간씩 3만 원으로 하면, 어떠니?"

"좋아요. 아무쪼록 잘 부탁드립니다."

류타는 즉시 대답한 뒤, 앉은 채로 힘차게 고개 숙이며 인사했다. 그 바람에 류타는 이마로 유리잔을 엎어 버렸고 테이블은 순식간에 아이스티 범벅이 되었다. 커다란 몸을 구부린 상태로 우스꽝스럽게 당황하는 모습이 귀여웠다. 나는 미소를 지으며 종이 냅킨 몇 장을 집어서 류타 앞에 놓았다. 테이블 위를 오가는 커다란 손, 짧게 자른 손톱. 이 손톱에 입을 맞추면 이어서 손은 어떻게 움직일까. 문득 상상하고 있으니 얼굴이 뜨거워졌다.

하지만 이런 발칙한 상상은 계산을 할 때 보기 좋게 중단됐다. 류타는 "제 것은 제가 계산할게요." 하고 말하며 적극적으로 청바지 주머니에 손을 찔러 넣더니 그다음 순간 다 못 집은 동전을 바닥에 떨어뜨렸다. 아이스티 유리잔을 엎질렀을 때와는 비교도 안 될 만큼 당황한 류타는 아예 달려들듯이 바닥에 넙죽 기었고, 그러다가 결국 계산대 모서리에 이마를 세게 부딪쳤다. 어깨를 떨며 쭈그려 앉은 그 모습에 점원, 주

에고이스트

변의 손님들마저 웃음을 꾹 참는다. 가게 안은 어깨를 들썩이는 사람들로 꽉 찼다. 나도 줄곧 웃음을 참다가 끝내 떨리는 듯 새된 목소리가 새어 나온다. 바닥에 쭈그린 류타를 대신해서 동전을 줍는 동안, 나는 아까 발칙한 상상을 했을 때보다 더 류타에게 호감이 생겼다.

그 뒤로 닷새가 지나고 첫 운동을 시작하는 날, 뜻밖의 기회가 찾아왔다.

"이제는 어디든 다 처졌어." 하고 내가 예고했음에도 류타는 헬스장 탈의실에서 티셔츠와 7부 트레이닝 바지로 갈아입은 나를 보더니 "전혀 아닌데요? 지금도 충분히 인기 있을 것 같아요." 하고 말했다. 어디를 봐도 자기보다 아름다운 동성으로부터 흔해 빠진 외모 칭찬을 듣고서 진심으로 기뻐할 수 있는 사람이 얼마나 되겠는가. 류타를 두 번째로 만난 날, 나는 처음으로 불편한 심기와 가벼운 짜증에 휩싸였다. 탈의실에 둘밖에 없음을 확인한 나는 노골적으로 쌀쌀맞게 대답했다.

"그런 빈말은 필요 없어. 아니면 나카무라, 혹시 별난 취향인 거야?"

류타는 정말 이상하다는 얼굴로 나를 바라볼 뿐이었다. 아이스티를 엎지르고 동전을 바닥에 떨어뜨린 정도로 마치 춤을 추듯 당황했던 사람으로는 보이지 않았다. 나도 순간 허를 찔려서 류타의 얼굴을 마주 봤고, 말문이 막혔다.

잠시 후 류타가 똑같은 표정으로 대답했다.

"저는 빈말 따위는 안 해요."

그 말을 듣자 내 안에서 장난기가 발동했다. "아, 그래. 이래도 똑같이 말할 거야?" 하고 나는 입꼬리를 살짝 올린 채 류타의 입술에 내 입술을 가까이 가져다 댔다. 그 말이 거짓말이라면 류타의 가면은 이제 벗겨질 터다. 류타가 당황해하며 얼굴을 돌린다면 오만하다고 말할 것이고, 그다음 일어날 일은 나와 상관없다. 만약 거짓말이 아니라면, 거짓말이 아니라면……

다른 한쪽의 생각을 정리하는 동안 얼굴이 너무 가까워진 바람에 초점이 맞지 않았다. 둥그렇게 뜬 류타의 눈이 여러 조각으로 나뉘어 어른거릴 때 둘 다 웃음을 띤 채 입을 닫아 버렸다. 그다음 순간, 따뜻한 것이 내 입술을 감쌌다. 무언가가 춤을 추듯이 내 입술을 비집어 연다. 눈을 뜨고 있던 내 시야가 새하얘졌다.

얼굴을 떼어 낸 쪽은 류타였다. 멍해진 나의 얼굴을 보고 웃으면서 말한다.

"먼저 다가와 놓고 그런 얼굴을 하면……."

"아니, 그러니까……."

"여하튼 난 거짓말하지 않았어요. 사이토 씨, 얼굴 멋있어요."

탈의실 입구 쪽에서 발소리가 들렸다. 류타는 몸을 떼더니 "자, 오늘부터 운동 시작이에요. 잘해 봅시다." 하고 나를 재촉했다. 그리고 나에게만 들리는 아주 작은 목소리로 "이따가 일해야 돼서요. 오늘은 운동만 하지만, 앞으로 우리 둘 다 다섯 시간 정도 여유가 생길 때까지 기다려 봐요. 운동은 두 시간이지만." 하고 말했다.

거짓말쟁이는 아니지만 역시 별난 취향이잖아, 이렇게 말하려고 했다. 고장 난 것이 내 성대인지 뇌인지 알 수 없었다. 내 이마는 운동이라도 한 것처럼 벌써 땀방울로 가득했다.

다음 운동은 일주일 뒤로 정해졌다. 류타는 "자기와 같이 가지 않더라도 헬스장엔 꾸준히 다니라고", "헬스장에 갈 시간이 없을 땐 전철에서 한 정거장 전에 내려서 걸어가"라고 당부했지만 결국 일에 치여서 그렇게는 할 수 없었다. 그 대신 어느 호텔을 예약할까, 그 호텔에서 어떻게 시간을 보내야 할까, 이런 생각을 하다가 역을 지나쳐 버려서 급하게 계단을 뛰어오르며 반대편 플랫폼으로 가는 일만이 늘어났다.

일주일이 지나고 12시부터 시작한 운동은 이제 끝났다. 나는 류타를 먼저 택시에 태우고 롯폰기의 그랜드 하얏트 호텔로 향했다. 택시에서 내린 류타는 어이없다는 얼굴로 말했다.

"사이토 씨, 저 6시 정도까지밖에 못 있어요……."

"응, 알아. 나는 여기서 자고 내일 바로 출근할 거야. 그래서 오늘은 헬스장에서 옷하고 신발을 빌려 썼지."

방으로 들어간 뒤 재킷을 벗어서 소파에 던졌다. 호텔에 들어올 때부터 류타의 말수가 확연히 줄었다. 이제 티셔츠와 청바지 차림인 나는 어딘가 석연치 않은 듯한 류타의 진심을 알 수 없어서 눈앞에 마주 선 채 농담 삼아 한마디를 했다.

"지금에야 '그렇게 거짓말을 하는 게 아니었는데.' 하고 생각하는 것 아니야?"

류타는 자긍심에 상처를 입은 듯한 얼굴로 흐린 신음 소리를 뱉었다.

"정말 또 그렇게 말하면 화낼 거예요." 그러고는 내 어깨를 안았다.

둘 다 헬스장에서 이미 샤워를 한 터였다. 키스하면서 서로 벗겨 낸 옷들이 카펫 위에 포개졌다. 우리는 서로 뒤엉킨 채 그대로 침대로 쓰러졌다…….

"같이 샤워해요."라고 류타가 말한다.

"몸이 움직이지 않아. 운동하고 나서 이렇게 하기는 처음이라. 먼저 씻어."라고 나는 말한다.

류타는 알몸으로 욕실로 향했다. 두꺼운 근육을 뚫고 나올 것 같은 다부진 어깨뼈, 가늘어질수록 탄탄하게 보이는 허리, 일본 사람으로서는 드물게 작고 봉긋하게 솟아오른 엉덩이. 반했는데도 또 반한다. 그런데…… 어깨 너머로 물소리를 들으면서 나는 예전에 한 친구가 들려줬던 말을 흐릿하게 떠올렸다.

"잘생긴 애가 관계를 잘한다고 장담할 순 없어. 늘 사람이 손아귀에 들어오니까 상대의 몸을 굳이 알려고 하지 않을 때도 많아. 아쉬울 것도 없고 당연한 일에 열의를 쏟지는 않잖아? 그래서 결국 뻔하고 유치한 잠자리만 하고 만다니까."

확실히 그 말에도 일리가 있다. 하지만 나는 관계에 대한 류타의 온도가 낮기 때문이 아니라 오히려 너무 '보통'이었기 때문에 놀랐다.

어디를 보든 아름다운 류타의 몸에 대해서도 나는 내심 순위를 매겼다. 커다란 손바닥. 부드러운 피부와 근육을 배신하는 울퉁불퉁 불거진 손가락. 땀. 냄새가 거의 없는 류타의 땀을 내 안에서 바짝 조려서 강렬한 향취로 만들고 싶었기에, 나는 한 시간 동안 안고 안긴 채 류타의 육체를 계속 들이마셨다.

류타의 시선과 나의 몸을 타고 흐르는 그의 입술은 어디에도 집착하지 않았으며 어디에서든 똑같이 맴돌았다. 류타를 좋아한다고 말하는 나의 얼굴과, 아직 좋아하는지 잘 모르겠다고 말하는 나의 몸에 똑같이 열의를 쏟다니, 이게 가능한 일인가?

백 명, 천 명, 만 명, 제각각의 윤곽과 눈썹, 눈과 코와 입을 떼어 내서 부위별로 평균의 생김새를 만들어 낸다. 그 평균의 생김새들을 조합해서 얼굴을 만들어 보면 실상 '평균'이기는커녕 '이상하다'고밖에 말할 수 없는 얼굴이 되리라. 그러한 부조화가 습기를 머금은 담요처럼 달라붙는다. 일주일 전 헬스장에서 나의 입술을 기꺼이 맞이해 준 류타의 능숙한 모습과, 너무 흔해서 부자연스러운 침대에서의 모습이 도무지 연결되지 않는다.

욕실 문이 열렸다. 머리를 닦으면서 나오는 류타가 아무 걱정도 없는 듯 웃는 얼굴을 보니 나의 생각이 괜한 의심처럼 느껴진다. 류타와의 관계에서 깊은 정보를 끌어낼 수 없는 것은 내 능력의 문제일지도 모르는데.

류타는 벌거벗은 상태로 바닥에 쌓인 옷가지들 속에서 팬티를 꺼내 입은 뒤 내 옷에 손을 뻗었다.

"사이토 씨 옷은 소파 위에 놓을게요……. 와, 이거 돌체앤가바나다."

티셔츠를 들어 올린 류타의 손이 멈춘다.

"혹시 청바지도?"

"응."

"소파 위에 있는 재킷은?"

"그건 구찌."

"저기…… 이런 질문해도 될지 모르겠습니다만 저금은 해요?"

솔직히 모아 둔 돈이 아주 없지는 않았지만 이런 경우에 "없다."라고 말하는 쪽이 훨씬 재미있을 터다. 나는 자조 섞인 웃음을 지으며 말했다.

"빚은 없는데, 저금은 그다지 안 하고 있어. 아니, 그보다 저금이라는 말의 뜻을 모르겠어."

여기서 류타도 같이 웃었다면 이야기는 끝났을 것이다. 하지만 류타는 처음으로 내게 언성을 높였다.

"그러면 안 돼요. 생각 좀 해야지!"

관계를 가지기 직전까지 정중히 말하던 류타였는데, 순간 그의 말투가 어그러졌다. 나는 침대에서 몸을 일으키고 어안이 벙벙한 얼굴로 류타를 쳐다본다. 류타는 바로 정신을 차리고 "미안해요."라고 말했다. 그런데 나는 되레 그 참견 덕분에 몇 분 전까지 내게 달라붙어 있었던 부조화가 떨어져 나간 것 같아서 숨이 멎었다. 비록 순간이었지만 류타가 정말로 알몸인 듯 느껴졌다. 지금을 놓치면 이 남자를 알아 갈 기회는 얼마간 찾아오지 않을지도 모른다. 갑자기 끓어오르기 시작한 앎의 욕구를 류타에게 들키지 않도록 조심하면서 조용

한 목소리로 그에게 물었다.

　"아냐, 사과할 필요 없어. 전혀 화나지도 않으니까. 자기 일처럼 생각해 줘서 차라리 기쁜걸? 하지만 들어 봐, 나는 그냥 고객이잖아. 왜 고객이 돈을 쓰는 데까지 그렇게 진지한 거야?"

　류타는 내 티셔츠를 손에 든 채로 조각상처럼 움직이지 않았다. 나는 손을 뻗어서 티셔츠를 돌려받은 뒤, 침대 위에 책상다리를 하고 앉아서 티셔츠를 입었다.

　"앉아. 소파든 여기든."

　류타는 내 옆에 다리를 뻗고 앉았다. 나는 류타가 한 번 더 '알몸'이 되기를 바랐으므로 그의 허벅지를 쥐고 주먹으로 가볍게 두세 번 두드린 다음, 나지막이 웃음소리를 냈다.

　"갑자기 물어보면 곤란하려나. 나도 내 이야기라고는 지금 이야기밖에 하지 않았는데."

　난 그렇게 말한 뒤 그가 묻지도 않은 내 이야기를 시작했다. 일, 취미, 좋아하는 옷, 좋아하는 친구…… 이야기를 하고 있는데, 돌연 류타가 "교대 근무를 부탁해야겠다."라고 말하더니, 욕실로 가서 직장에 연락을 했다. 다시 돌아온 류타는 이제 자기가 먼저 이야기를 이어 갔다.

　"가족 이야기 물어봐도 돼요?"

　"물론이야. 아빠는 고향 댁에서 살고 계셔. 나는 대학교 시절부터 도쿄로 나왔으니까, 이제 십오 년 넘게 떨어져 산 셈이지. 지금은 애인도 있으시고 사이가 좋은 것 같더라고. 나도 몇 번인가 뵀는데, 아주 좋은 분이셔."

류타가 얼굴을 들고 나의 옆얼굴을 바라보고 있었음을 느꼈기에, 나는 이야기를 멈췄다. 잠시 뒤에 류타가 물었다.

"어머니는요?"

"열다섯 살이 되기 조금 전에 돌아가셨어. 팔 년 동안 아프셨지. 술 한 모금도 마시지 않는 분이셨는데, 유전인지 원체 간이 안 좋았는지, 결국엔 암에 걸리셨어."

나는 내 이야기를 하면서 류타에게 되물어 볼 기회를 엿보았다. 계속 말없이 앉아 있는 류타가 왜 가족 이야기를, 그것도 어머니에 대해서만 물어보았을까. 그 대답을 듣고 싶다면 기회는 지금밖에 없다.

얘기를 일단락 짓고, 나는 류타의 얼굴을 바라보았다.

"나카무라의 부모님은 어떠니, 건강하시니?"

오랫동안 침묵 속에서 서로를 바라본 뒤, 류타가 고개를 숙인 채 중얼거렸다.

"아버지는 안 계세요. 이혼하셨거든요……. 지금은 어디에 있는지도 몰라요. 어머니는 내가 열다섯 살 때 아버지와 이혼하고 병에 걸리셨죠……."

목구멍으로 삼키는 침이 독한 술인 양 식도와 가슴이 뜨겹게 탄다. "엄마 병은 내가 고쳐 줄게."라고 말하던 초등학교 시절의 스스로가 머릿속에 떠올랐다. 류타의 손을 잡는다. 류타가 다시 나를 바라본다.

"그래서 일하고 남는 시간에 다른 일을 또 하려고 했었구나."

"응⋯⋯."

"고등학교를 졸업하고 나서 계속 그렇게 생활해 온 거야?"

"고등학교 3학년, 어느 무렵까지는 집을 판 돈으로 어찌어찌 버텼는데⋯⋯ 졸업을 두 달 남기고 집에 돈이 너무 없어서 학교를 그만두고 바로 일했어. 의료 보험이라도 들어 뒀더라면 좋았을 텐데, 건강하셨을 때는 정기적으로 보험료를 내는 게 아까우셨나 봐⋯⋯. 나도 장래를 생각해서 재활 의료 쪽 학교에 다니려고 저금을 하고 있어. 물론 아직 한참 모자라지만. 그래서 사이토 씨가 부러웠나 봐. 좋아하는 옷도 사고⋯⋯."

"게다가 고작 이렇게 잠시 쉬려고 호텔에 오고?"

"응⋯⋯ 정말 미안해."

"그러니까, 사과할 필요는 전혀 없어. 자, 나도 말할게. 나도 나카무라가⋯⋯ 아니, 류타가 부러워. 난 어머니의 병을 고쳐 드리겠다고 생각만 하다가 결국 잃었어. 지금 어머니가 살아 계시고, 또 아버지가 안 계셨다면 나 역시 류타하고 같은 상황이었으리라고 생각해. 분명히 그럴걸."

류타가 나의 손을 세게 되잡는다. 아까의 관계보다 훨씬 편안한 아픔에 눈을 감으며 나는 말을 잇는다.

"이렇게 깊은 이야기를 해 줘서 고마워."

나의 손을 놓은 류타가 나를 꽉 껴안는다.

"고마워…… 고마워."

그렇게 같은 말을 되풀이하는 류타의 등을 손바닥으로 가볍게 두드리면서 나는 대답한다.

"이제 사이토 씨라고 부르지 않아도 돼. 고스케라고 불러. 나도 나카무라나 류타 씨가 아니라 류타라고 부를게."

고개를 끄덕이는 류타의 턱이 어깨에 닿는다. 내 몸속이 서서히 따뜻해진 까닭은 비단 류타의 체온이 높아서만은 아닐 것이다.

내 휴대폰이 울렸다. 친구였다. 그때 류타도 불현듯 생각이 났는지 자기 휴대폰을 연다. 전화를 끊고 액정에 표시된 시각을 보니 7시가 조금 넘었다. 나는 류타에게 물었다.

"교대 근무를 부탁한 것 같던데, 괜찮아?"

"응. 이제 슬슬 가야지."

"힘내. 아니, 힘내자."

류타가 울 것 같은 얼굴로 웃었다.

호텔 현관에서 류타를 배웅한 뒤, 나는 그대로 방에 들어가고 싶지 않아서 티룸으로 향했다. 내 앞에 놓인 커피의 김을 멍하니 쳐다본다. 아직 류타에게 좋아한다고 말하지는 않았으나 거의 말한 것과 같다. 그런데 난 류타의 어디가 좋은 것일까.

서로의 얼굴과 몸에 반해서 같이 자고, 그러고도 역시 좋아하는 것 같아서 관계를 지속한 적이 몇 차례 있다. "이건 아닌데." 하고 서로가, 혹은 어느 한쪽이 생각해 버려서 더는 약속을 잡지 않고 얼굴을 잊어버린 적은 더 많다. 연애로 이어지지 않으리라는 사실을 예감하면서 잠자리한 적은 훨씬 많다. 그러면 류타는?

류타는, 이를테면 내가 읽고 있다가 빼앗긴 책의 그다음 이야기를 가지고 있는 남자였다. 이십 년 전, 어머니가 돌아가셨을 때 '빼앗긴 이상 소용없다.'라면서 어금니가 부서지는 기분으로 포기했던 그다음 이야기. 류타의 삶이 나의 이야기가 아니라는 것쯤은 알고 있다. 그럼에도 류타의 삶에 관여한다면 나는 내 이야기를 새롭게 자아낼 수 있을지도 모른다.

단지 그것 때문에, 나는 만난 지 두 주도 지나지 않은 그를, 전혀 모르는 타인을 이용하려고 한다. 비열함에도 정도가 있겠지만 이제 와서 그만둘 수는 없다.

육체적 관계가 잘 맞는지, 그렇지 않은지 따위는 문제도

에고이스트

아니다. 저 남자를 절대로 놓치면 안 된다. 나는 차갑게 식은
커피를 한숨에 들이켰다.

3

　"몸을 만드는 데 걸리는 시간은 평균 삼 개월."이라고 류타는 말했다. 그 말대로 한 달이 지날 때마다 벨트 구멍이 하나씩 안쪽으로 줄어들었고, 석 달 만에 원하던 허리를 가지게되었다. 류타의 말을 믿는다는 것은 류타에게도 기쁜 일일 터였다. 그런데 두 달이 지났을 무렵부터 순조롭게 가까워지는 것 같았던 류타와의 거리가 삐걱거리기 시작했다. 류타를 탓할 수 없음을 잘 알면서도 도저히 견디기 힘들 때가 있다. 석달 전에 류타는 "고마워."라고 몇 번이나 되뇌면서 나를 껴안았다. 하지만 사람의 몸과 마찬가지로 사람의 기분 역시 석달 정도 지나면 변한다는 사실을 나는 지금까지의 연애를 통해 이미 충분히 배웠다.

에고이스트

류타는 헬스장에서 운동할 때는 진지하게 나를 봐 준다. 그러나 그 밖의 시간에는 답답한 감정이 숨어든다. 운동을 마치고 식사할 때나 류타가 알려 준 러브호텔에서 끝없이 수다를 나눌 때, 문득 생각난 듯 백화점 지하의 식품 매장에서 꽁치나 연어 같은 그리 비싸지 않은 생선을 사 주면서 "이거는 어머니 것."하고 류타에게 건네줄 때, 점점 그의 얼굴 위로 그늘이 드리웠고 차차 그런 안색을 숨길 수 없는 지경에 이르렀다. 눈앞의 상대에게 질려서가 아니라 뭔가 괴로운 일을 참는 듯한, 뭐랄까 울거나 화내고 싶은데 필사적으로 감추는 듯한 얼굴. 나의 비열한 의도에서 비롯한 행동을 결국 류타는 동정으로 받아들인 것일까. 나는 류타의 자긍심에 상처를 입혔을 뿐인 것일까.

"힘내자." 하고 당차게 말하면서도 솔직히 난 류타를 어떻게 대해야 좋을지 몰랐다. 서로에게 향하는 '좋아한다.'라는 말이 상대에게 도달하기 전에 아래로 똑 떨어지는 느낌이다. 그럼에도 어떤 말과 태도가 우리 두 사람의 거리를 좁힐 수 있을지 모르겠다. 어머니가 살아 계셨을 때, 나는 누군가에게 도움을 받겠다고 생각한 적이 아예 없다. 그래서 도움을 원하는 사람이 무엇을 바라는지 모른다. 류타가 어떤 도움을 바라는지 모른다. 아니, 애초에 도움을 바라는지조차 모르겠다. 그 때문에 더는 지금보다 앞으로 나아갈 수가 없다.

만난 지 석 달 무렵, 운동을 끝마치고 가부키초의 러브호텔에서 평소대로 조심스러우면서도 평등하지만 약간 더 담백한 관계를 가지고 난 다음, 샤워를 했다. 이제 그 순간이 왔다. 전날 밤 잠을 설쳤는지 눈 밑에 다크서클이 드리운 류타가 아직 삼십 분 넘게 시간이 남았음에도 벌써 티셔츠와 청바지를 입고 소파에 앉아 있었다.

　　"삼 개월 만에 몸이 아주 좋아졌네."

　　그렇게 말하는 류타는 내 몸에 눈길도 주지 않은 채 자기 주먹을 격하게 주무르면서 바라본다. 그다음 말은 예상할 수 있었다. 하지만 류타의 입에서 그 말이 나오기 전까지 나는 나대로 대답할 말을 준비해 둬야 한다. 잠시간의 침묵이 너무나도 길다.

　　양손을 주물럭거리는 동작을 멈추고, 류타가 시선을 떨군 채 말했다.

　　"고스케 씨. 저, 운동 봐 주는 일, 오늘로 끝내고 싶어요."

　　나는 팬티를 입고서 침대 위에 책상다리를 하고 일어나 앉았다. 그러고는 얼굴을 푹 숙인 류타에게 준비해 둔 말을 던졌다.

　　"만나는 것도 오늘로 끝내고 싶다는 뜻이야?"

　　류타는 여전히 고개를 숙인 채 말이 없다. 나는 다시 한 번 물었다.

에고이스트

"이제 만나고 싶지 않다는 뜻이야?"

류타는 옅게 흔들리는 입가를 숨기듯이 말했다.

"……응. 이제 만나고 싶지 않아."

"……응. 알았어. 지금까지 고마웠어. 하지만 마지막으로 하나만 알려 줘…… 내가 류타의 어머니께 했던 행동들, 혹시 폐를 끼친 거였니?"

"아니!"

류타가 용수철같이 튀어 오르듯 얼굴을 들며 외쳤다. 류타의 눈에 눈물이 스며들어 있음을 발견하고 나는 당황했다. 아까 냉정하게 정리했던 생각이 다시 한심스럽게 흔들리고 넘실거리더니, 결국 말이 자제심을 잃고 큰 소리로 터져 나왔다.

"그럼 왜…… 폐 끼치는 게 아니라면 이대로 괜찮잖아. 나랑 자고 싶지 않아서 그런다면 분명히 말해. 그런 건 신경 쓰지 않으니까. 나도 단지 자고 싶어서 만난 것은 아니야. 그쯤은 알고 있잖아."

다시 시선을 떨군 류타의 눈에서 눈물방울이 떨어진다. 세게 깨물어서 하얘진 아랫입술 사이로 차마 억누르지 못한 신음 소리가 새어 나온다.

"류타, 좋아해. 어머니를 위해서 노력하는 사람이 나는 좋다."

류타가 거칠게 자기 얼굴을 닦으며 "나도 고스케 씨가 좋아." 하고 중얼거렸다. 나는 침대에서 소파로 옮겨 앉은 뒤, 류타의 두 주먹을 양손으로 감싼 채 물었다.

"그런데 왜 그러는 거야……?"

고개를 파묻은 류타는 입을 여는 대신 눈물을 주르륵 흘린다. 그러나 나는 말 대신에 흘러나오는 눈물에서 대답을 읽을 수 없다. 오로지 초조함만이 더해 갈 뿐이다.

"부탁할게. 한마디라도 좋으니까 내가 알아듣게 얘기해 주겠니. 나도 이대로 갑자기 끝나 버리면 이제 얼마 동안은 정신을 못 차릴 거야."

잠시 침묵하는 동안 눈물이 멎을 때쯤 류타가 쥐어짜는 목소리로 말했다.

"나, 이대로는 일을 계속할 수 없어……."

류타는 바로 낯빛을 바꾸더니 내게서 얼굴을 돌렸다. 나는 무슨 뜻인지 영문을 몰랐으므로 다시 물었다.

"일? 내 개인 트레이너 일 정도야 계속하든 관두든……."

내 반문이 미처 끝나기도 전에 류타가 내 손을 뿌리쳤다.

"미안해. 정말 미안해!"

그렇게 외치자마자 류타는 옆에 있던 인조 양가죽 블루종을 집어 들고 일어서더니 곧장 스니커즈를 구겨 신고 쏜살같이 문을 열고 나갔다. 가까스로 정신을 차리고 뒤쫓아 가려는 찰나, 나는 팬티 한 장만 달랑 입고 있음을 알아차렸다. 티셔츠를 뒤집어 입는 바람에 혀를 찼고, 청바지의 버튼 플라이가 좀체 잠기지 않아서 짜증 섞인 비명을 내질렀다. 스웨터와 코트를 대충 걸치고 현관에서 부츠 끈을 묶는데 절박한 노크 소리가 들려왔다. 문을 열어 보니 호텔 직원이 서 있었다. 보안 카메라 따위로 호텔을 살피다가 전속력으로 달려 나가는 류타의 모습을 목격하고, 혹시 범죄가 일어났나 해서 황급히 달려왔는지 숨을 헐떡이고 있었다.

"체크아웃 부탁드립니다." 하고 그 사람한테 열쇠를 건네주고는 방을 나왔다. 바로 가방에서 휴대폰을 꺼낸 뒤 류타에게 연락했지만 '수신 거부' 알림만이 들릴 뿐이었다.

12월의 가부키초를 전철역 방향으로 멍하니 걸었다. 사이즈가 전혀 맞지 않는 싸구려 정장을 단정하지 못하게 차려입고 건들거리며 호객하는 신참 호스트, 소프트아이스크림처럼 부풀어 오른 머리카락을 신경 쓰며 잰걸음으로 걸어가는 출근 전의 호스티스, 아직 저녁 8시도 되지 않았는데 길가에 널브러진 친구를 보살피는 대학생. 중국, 한국, 태국, 필리핀, 여러 아시아 나라들의 말소리가 들리고 간간이 동유럽 말이 뒤섞인다. 초겨울의 찬바람이 부는데도 후덥지근하다. 곁을 스치는 사람들이 온몸에 난 구멍으로 토해 내는 냄새들. 저속한 네온사인 빛깔은 그 냄새들과 지나치리만치 어울렸는데, 마치 그 덕분에 네온사인 자체가 끈질기게 살아남았다는 느낌마저 들었다. 그런 곳에서 울며 달려간다면 분명 눈에 띄겠지. 경찰이 수상쩍은 태도로 역을 향해 달려가는 류타를 불러 세웠다면 좋으련만. 그러면 류타가 풀려날 때까지 기다렸다가 아까 도대체 무슨 말이었는지 다시 물어볼 수 있을 텐데. 그런 생각을 하면서 몇 개의 거리를 오간 끝에 결국 신주쿠역에 도착했다. 이런 때일수록 경찰은 쓸데없기 마련이므로, 끝내 아무 일도 일어나지 않았다.

아파트로 돌아와서 방의 불을 밝히기 전, 침대 옆 전화기에 부재중 전화가 남아 있음을 알아챘다. 그에게 집 전화번호를 알려 주지 않았음에도 혹시 류타가 메시지를 남기지는 않았을까 신경을 쓴다. 집 전화기로 류타에게 연락하면 아마 받아 줄지도 모른다. 그러나 한마디를 건네는 순간 끊어 버릴 것이다. 그러면 더욱 비참해질 따름이다. 나는 불을 켜고 침대에 엎드리듯 쓰러져서 베개에 얼굴을 묻었다.

류타가 어디에 살고 있는지는 어렴풋이 안다. 처음 만나서 개인 트레이닝을 상담했을 때, 게이오선의 하치오지역보다 한 정거장 앞인 기타노역에서 자전거를 타고 십오 분 정도 걸리는 데에 살고 있다고 말했었다. 하지만 그 말만 믿고 역에서 하루 종일 기다릴 수는 없는 일이었다. 내게도 일이 있으니.

일. 그 단어가 다시금 떠올랐을 때 나는 침대에서 벌떡 일어났다. 머릿속에서 어질러진 퍼즐 조각이 엄청난 기세로 제자리를 찾아갔다.

류타는 나를 더 만나면 그 일을 계속할 수 없다고 말했다. 그 일은 개인 트레이닝이 아니라 다른 일임을 나 역시 안다. 그리고 "나도 고스케 씨가 좋아."라는 류타의 말로 추측해 보자면……

열여덟 살의 남자아이가 고등학생으로서는 할 수 없는 일을 하려고 졸업까지 고작 두 달을 남겨 두고 학교를 그만뒀다. 그렇게 구한 일자리로 생활비와 어머니의 병원비를 조달하고, 장래를 위해서 저금까지 한다. 그 일은 좋아하는 사람이 생기면 유지하기가 어려운 종류의 일일 텐데……

완벽히 평등하려는 까닭에 오히려 뒤틀린 듯 보이던 류타의 관계 방식을 떠올린다. 그 행동은 내 몸의 모든 부위를 평등하게 다루려 한 게 아니라, 경험이 부족할 때부터 누구에게나 똑같은 방식으로 대해야 한다고 배웠기 때문에 스스로를 통제하며 익힌 대로 따라 한 것이 아닐까. 마지막 퍼즐 조각이, 마치 폭죽 하나가 터지듯 굉음을 일으키며 맞춰졌다.

침대에 쓰러지듯 눕는다. 천장에 자리한 하얗고 미세한 십자가 무늬가 뚫어지게 쳐다볼수록 그 윤곽을 잃어 간다. 어느새 내 머리까지 멍해진다. 뺨을 가볍게 두드리고 눈을 꽉 감으니, 병원 침대에 누워 있는 어머니의 얼굴이 떠오른다. 나의 상상이 옳다고 치자. 만약 내가 열여덟 살이 될 때까지 어머니가 투병하셨다면, 그리고 아버지가 계시지 않았다면…… 나는 류타처럼 할 수 있었을까. 난 "류타가 부러워."라고 분명히 말했다. 류타는 어떤 생각을 하면서 그 말을 들었을까.

어느샌가 나는 맹렬히 손톱을 물어뜯고 있었다. 어렸을 때 골똘히 생각에 잠기면 언제나 손톱을 물어뜯었고, 그럴 때마다 주의를 주던 어머니가 기억난다. 손톱을 물고 마구 떼어 냈더니 엄지손가락 끄트머리부터 피가 번졌다. 집에 밴드가 없음을 깨닫고 편의점에 가고자 혀를 차며 침대에서 일어났다. 그런데 벌써 날이 완전히 밝아 있었다.

그날은 막차가 끊기기 전에 일이 끝났다. 나는 곧장 집에 가지 않고 신주쿠 2초메*의 단골 바로 발길을 옮겼다. 가게 문을 열자 평일 밤이라 그런지 손님은 아무도 없었다. 차라리 잘됐다. 설거지를 하던 주인이 "어서 와." 하고 얼굴을 들더니 이내 놀라서 눈을 동그랗게 뜬다.

"이게 누구야! 고짱**, 오랜만이야. 순간 누구인지 몰라

＊　도쿄 신주쿠 근방에 위치한 지역. LGBTQ가 운영하고 모이는 바와 클럽, 상점 등이 밀집해 있다. 1960년대 무렵 게이 바가 하나둘 오픈하면서 일본 최대의 LGBTQ 거리를 형성했다.

＊＊　고스케의 애칭.

에고이스트

봤어. 야위었네. 살이 얼마나 빠진 거야?"

"석 달 동안 칠 킬로그램 정도. 지방을 줄이고 근육을 조금 늘려 봤어."

"세상에. 여름 준비를 아주 완벽하게 하네."

주인은 메뉴를 묻지도 않고 내 앞에 소주병과 재스민차를 내놓았다. 그러고는 음료를 만들기 시작한다. 나는 말을 이었다.

"웅, 뭐. 좀 놀아 볼까 해서. 아닌 게 아니라 뒤탈이 없었으면 해서 말인데, 상담 좀 하고 싶어……. 어디 물 좋은 데 알아?"

주인은 음료를 내 앞에 내려놓으면서 "당신이라면 굳이 돈 쓰지 않고도 뒤탈 없는 상대를 얼마든지 만날 수 있잖아." 하고 놀란 척도 없이 말했다. 이 동네에서 바를 운영하는 사람에게 손님의 이런 질문은 극히 일상적이다.

"왠지 돈으로 해결되는 관계가 지금은 편해서. '다음엔 언제 만날까.' 하는 말에 '어떡하지.' 같은 생각을 하지 않아도 되잖아……."

"당신 참 꼬였네! 원래도 그랬지만 말이야. 음…… 업소는 아니지만 추천할 만한 사이트는 있어."

"그게 뭔데?"

"요즘엔 업소들마다 대체로 홈페이지가 있어서 일하는

선수들을 사진으로 소개해. 그런데 업소 홈페이지를 하나하나 검색해 보기가 참 어렵잖아. 그래서 그 사이트에 들어가 보면 업소 홈페이지가 다 모여 있어."

"아, 아르바이트 정보지 같은?"

"응. 맞아, 맞아. 업소는 결국 거기가 좋은지 아닌지보다 괜찮은 남자가 있느냐 없느냐잖아. 한 군데 한 군데 다 들르는 것보다 그 사이트에서 업소 홈페이지를 미리 살펴보고 결정하는 편이 좋잖아? 그리고 요즘엔 2초메의 가게들처럼 바에 선수들을 일렬로 세워 두고 손님한테 고르게 하지 않지."

"그래? 그러면 어떤 방식으로……."

"맨션의 방을 하나 잡아서 영업을 하지. 손님이 홈페이지에 있는 선수 사진을 보고 대충 짐작해서 예약을 하는 거야. 그러면 선수와 손님이 업소가 빌린 맨션을 사용해. 물론 잔뼈 굵은 업소도 적잖이 홈페이지를 운영하고 말이야. 한번 그 사이트를 둘러보는 게 어때? 이 근처의 업소를 하나하나 돌아다니기도 번거롭잖아. 일단 업장에 들어가면 술값을 내야 하니까, 그 돈도 만만치 않고."

주인은 펜과 종이를 꺼내서 알파벳으로 뭔가 키워드 같은 낱말들을 몇 자 또박또박 적더니 나에게 건네줬다.

"이걸로 검색해 보면 바로 그 사이트가 나올 거야."

"고마워. 그럼 이 근처 업소를 둘러본 셈치고 그 술값은

에고이스트

여기서 쓸게. 뵈브클리코 하나 부탁해. 자, 건배하자."

"어머, 기뻐라. 고마워."

주인이 냉장고에서 샴페인을 꺼낼 때 벌써 나는 얼른 집으로 돌아가고 싶었다. "부랑자인 당신을 위해!" 하며 샴페인 잔을 내미는 주인과 카운터를 사이에 두고 마주 앉은 채 서로 건배했다. 그러는 내내 나는 주인 모르게 연신 다리를 떨었다.

두 시간 동안 이런저런 수다를 떨고 바를 나와서 나는 택시를 잡아타고 귀가했다. 그러고는 컴퓨터를 켰다. 부팅이 되는 사오 분조차 길었다.

아까 전해 받은 키워드로 검색한 뒤 홈페이지를 클릭하자마자 놀랐다. 도쿄에서 영업하는 업소만 해도 족히 이백 개는 넘었다. 가나다순으로 정렬하고 위에서부터 차례대로 클릭해 본다. 선수의 얼굴 사진까지 올린 업소도 있고, 벌거벗은 상반신만 공개한 가게도 있다. 이런 홈페이지에 얼굴까지 노출한다면 아무래도 위험 부담이 크겠지만 사실 이 정도로는 식별하기가 힘들 것 같았다.

하지만 네댓 군데의 홈페이지를 살피는 동안, 초조함은 서서히 가라앉았다. 얼굴과 마찬가지로 몸에도 그 사람만의 독특한 표정이 있다. 나는 이제 류타의 몸을 안다. 넓지만 매끈한 어깨와 어깨 사이, 크기보다 밀도로 사람을 매료하는 가슴과 배의 근육……

날이 환히 밝아 온다. 서른 곳 정도의 업소를 살펴봤을 즈음, 류타의 상반신이 분명한 사진을 보고 문득 숨이 멎었다. 오른쪽 쇄골에 늘어선 점 두 개마저 똑같았다. 프로필에 적힌 나이는 류타보다 더 어렸지만 이런 데에서 흔히 볼 수 있는 일임을 나 역시 알고 있었다. 혹시나 해서 나머지 홈페이지까지 모조리 들여다봤지만 이만큼 '류타'인 몸은 어디에도 없었다.

그 업소는 신주쿠에서 조금 떨어진 지역의 맨션을 빌려서 영업하는 곳이었다. 옛날 업소만 둘러봤다면 아마 찾아내지 못했으리라. 나는 이런 정보를 알려 준 바 주인에게 감사하며 출근 준비를 했다.

그 사진을 발견했을 때의 충격은 어느덧 사라지고, 나는 만원인 전철 속에서 내가 사진을 잘못 본 게 아니기를 바라고 있었다. 막상 그 업소까지 찾아갔는데 전혀 모르는 엉뚱한 선수가 나온다면 이미 끝난 관계에 계속 매달리는 비참한 자신과 대면해야 할 터였다. 아직 끝나지 않았어, 부탁이니 끝내지 마……. 무심코 이런 말이 입 밖으로 튀어나와서 대각선 방향에 있던 비슷한 연배의 여성은 내게 의아한 시선을 던졌다.

그 업소는 낮 12시부터 전화 접수를 받았다. 점심시간에 바깥으로 나와서 휴대폰으로 연락을 했다. 신호음이 몇 차례 울린 끝에 점원이 업소 이름을 밝힌다.

"저기…… 처음 전화를 하는데요, 예약을 좀 하고 싶어
서요……"

"예, 지명하실 사람은 누구인가요?"

"뎃페이라는 사람인데……"

잠시 연결음이 들렸다. 이윽고 점원이 "가장 가까운 시간
은, 모레 토요일, 마지막 근무 시간이고요, 밤 8시부터 두 시
간 동안 가능하신데 어떠세요. 죄송하지만 뎃페이는 조금 사
정이 있어서 '숙박'은 하지 않아요."라고 말한다. "알겠어요.
그럼 그때로 부탁해요."

점원은 지금 걸려 온 전화가 내 휴대폰인지 확인한 다음,
그날 약속 시간 십 분 전에 가까운 역에서 업소로 연락하면
목적지로 안내해 주겠다고 설명한 뒤 전화를 끊었다. 그 뒤로
이틀간 나는 류타를 만나서 처음 오 분 동안 나눌 이야기를
정리하는 데에 정신이 팔려서 일을 할 때도, 친구와 식사를
할 때도 건성이었다. 심지어 직장에서는 실수까지 저지른 바
람에 정말 몇 년 만에 혼이 났고, 친구마저 나를 비웃었다.

토요일 밤 8시 전에 신주쿠에서 가까운 전철역에 내렸다.
그러고는 점원의 안내를 받으며 주택가를 걸어서 지은 지 얼
마 안 되어 보이는 맨션에 도착했다. 오른쪽에 부엌이 있고,
왼쪽에 붙박이 욕실이 있는 이 미터가량의 통로를 지나서 문

을 열어 보니 세미더블 침대와 2인용 소파, 텔레비전과 오디오 세트만이 놓여 있는 무미건조한 방이 나타났다. 소파에 앉아서 요금을 지불하니 점원이 "뎃페이는 이삼 분 안에 도착할 테니 조금만 기다리세요."라고 얘기했다. 그런 뒤 고개 숙여 인사하고는 현관을 열고 밖으로 나갔다. 이곳 근처에 대기하는 장소가 있을지도 몰랐다.

이틀 동안 골몰히 궁리했던 말을 몇 번이고 되뇌어 본다. 처음 오 분 사이에 승패가 결판나리라. 아직 나를 좋아하지만 이제 만날 생각이 없든, 류타가 아예 진심으로 나를 좋아하지 않든 상관없다. 류타의 마음이 변하지 않았음을 확인하고 나면 더는 매달리지 말고 떠나자. 석 달 전의 일상으로 돌아가자. 결과가 어떻든 그러기로 이미 결정했으니까.

현관문이 열리는 소리가 들렸다. 신발을 벗고 문을 두드리는 소리. "실례합니다." 하고 인사하는 목소리가 분명 류타였다.

방에 한 걸음 들어선 뒤 나의 얼굴을 보자마자 류타는 문 손잡이를 잡은 채로 "어째서……."라고만 말할 뿐 움직이지 않았다.

머지않아 정신을 차린 류타가 발길을 돌리기 전에 감행해야 한다. 승부는 지금뿐이다.

나는 류타를 정면으로 바라보며 말했다.

에고이스트

"놀라게 해서 미안. 하지만 휴대폰 수신 거부를 해 놔서 어떻게 해야 할지 모르겠더라고. 그러니 오 분만 줘. 오 분 뒤에 '가라'고 말하면 갈 테니까. 두 번 다시 이런 일은 없을 거야."

류타는 굳은 채 서 있었으나 문손잡이를 잡은 손만큼은 나도 뚜렷이 알아볼 정도로 떨리고 있었다.

"나는 류타를 좋아해. 전에도 말했지."

"……응."

"같이 힘내자고 말했지."

"……응."

"그런데 왜 그러지 않는 거야."

문손잡이를 꽉 붙든 채 떨리는 손을 다른 손으로 감싸 쥐려 하며 류타는 잠시 아무 대답도 하지 않았다.

오 분은 벌써 지났다. 낡은 에어컨 소리만이 울린다. 나는 또다시 "왜 그러지 않는 거야."라고 확인하듯 거듭 물었다.

류타는 더욱 침묵한 끝에, 억눌린 목소리로 작게 말했다.

"……폐 끼치고 싶지 않았고……."

그 말을 듣자 나는 그만 언성을 높이고 말았다.

"폐가 되는지 아닌지는 내가 결정해!"

류타는 신들린 사람처럼 매섭게 나를 노려보며 외쳤다.

"만나지 말았어야 하는데!"

최악의 결말이라 예상했던 대답 중 하나를 듣게 되니 나는 돌처럼 굳어 버렸다. 류타는 그런 나를 외면한 채 다른 방향으로 얼굴을 돌리고 계속 외쳐 댔다.

"만나지 말았어야 하는데! 만나지 않았다면 일할 때 괴롭지도 않았을 텐데! 이렇게 비밀을 숨기려고 고통받지 않아도 됐을 텐데! 당신을 만나기 전까지 아무렇지도 않았는데!"

류타는 말쑥이 다듬어진 자기 머리칼을 오른손으로 쥐어뜯으며 시선을 떨어트렸다.

"어떻게 말해야 하지, 이런 일은. 어떻게 해야 되느냐고……."

내 안에서 맴돌던 "만나지 말았어야 하는데."를 들었을 때의 충격은 썰물처럼 쓸려 사라졌다. 그 대신 지금까지 누구에게도 느껴 본 적 없는 감정에 불이 붙은 느낌이었다. 지금 이 순간밖에 없다. 크게 심호흡을 하며 감정을 다잡았다. 나는 한 마디 한 마디 똑바로 전해지도록 말했다.

"내가 살게."

류타는 나를 바로 쳐다봤다. 나는 류타의 눈을 응시하며 말을 이었다.

"한 달에 백만 원밖에 내지 못하는 인색한 손님이지만 전속으로 삼을게. 부족한 부분은 류타가 다른 일로 벌어야 해. 마음에 들지 않거나 수지가 맞지 않는다면 나는 지금 돌아갈

게. 이제 연락도 하지 않을 거야. 어느 쪽이 좋은지 결정해."

류타는 나를 바라보며 계속 침묵한다. 다만 댐의 자그마한 균열이 점점 커다랗게 갈라지듯이 문손잡이를 잡은 손의 떨림이 류타의 몸 전체로 퍼지고 있음이 보인다. 바르르 소리가 날 듯 떨리는 다리, 흐린 신음 소리, 일그러진 얼굴.

류타의 눈동자가 무너지고, 곧 그는 자리에 주저앉아 부서지듯 울었다. 몸을 웅크린 채 얼굴을 가리고 부르짖듯 울었다.

얼마 동안 그렇게 있었는지 모른다. 류타는 그 자세로, 무릎과 팔꿈치로 거의 기다시피 천천히 내 발밑까지 다가왔다. 그때 들어 올린 얼굴은 눈물과 콧물로 범벅이 되어 있었다. 그대로 달려들듯이 나를 껴안더니 다시 격하게 울었다.

류타의 등을 손바닥으로 따뜻하게 두드리면서, 나는 유치원 시절에 아직 건강했던 어머니와 함께 동물원에 놀러 가서 길 잃었던 일을 떠올렸다. 절대 울지 않으려고 계속 온몸에 힘을 주고 버텼는데, 어머니가 나를 찾자마자 나는 웅크리고 앉은 채 울어 버렸다. 달려오는 어머니께 다가갈수록 눈물이 잠잠해지기는커녕 불이 붙은 듯 야단법석이었다. 어머니가 병에 걸린 뒤로 나는 단 한 번도 그런 식으로 운 적이 없다.

'류타, 나도 알아. 네가 계속 참아 왔음을 알아. 나도 그랬거든.'

그렇게 생각하면서도 나는 아무 말 못 한 채 격렬하게 떨리는 류타의 등을 자꾸 두드리기만 했다.

　　나는 연애하는 데 재능이 없다. 하물며 사랑은 더욱 모른다. 그래서 나는 돈을 지불한다, 류타를 내 것으로 하기 위해서. 어머니와 못다 한 이야기를 다시 이어 가기 위해서. 그 밖에 달리 내가 무엇을 할 수 있었을까.

에고이스트

4

사흘 뒤 류타에게서 올해 안에 일을 끝낼 수 있다고, 문자가 왔다. 새해가 되면 도로 공사 아르바이트를 가능한 한 많이 하겠다고 한다.

"이제야 엄마한테 내가 하는 일을 떳떳이 말할 수 있어." 라고 한마디 더 달려 있었다.

그 주가 끝나 갈 무렵 운동을 마치고 둘이서 신주쿠를 걸었다. 크리스마스 직전의 신주쿠는 당최 앞으로 나아갈 수 없을 만큼 붐볐고, 인파를 피해 이세탄 백화점 남성관으로 들어가니 에스컬레이터 앞에도 대여섯 명의 사람들이 꼼짝 못 하고 서 있어서 놀랐다. 수입 브랜드를 모아 둔 2층에서 코트, 블루종을 달리 살 생각도 없는데 입어 본다. 가지고 싶은 마음에 과감히 입어 봤지만 매달 백만 원을 제외하고 남은 돈으로 생활하려면 가장 아껴 써야 할 부분은 아무래도 옷값이다.

끈질길 정도로 바지런히 움직이는 점원 옆에서 류타는 무료했다. 매장에 들어오자마자 코트 한 벌의 가격표를 힐긋 보더니 아무것에도 관심을 두지 않는다.

"다시 올게요." 하고 점원에게 말한 뒤 통로로 나섰을 때, 곧 1월 초에 류타가 스물다섯 번째 생일을 맞이한다는 사실이 떠올랐다.

"슬슬 생일 선물을 생각해 볼까." 하고 말을 거니, 류타는 "필요 없어." 하면서 웃을 뿐이다. "그래도 만나서 처음 맞는 크리스마스이고, 이 주 지나면 네 생일인데."라면서 물고 늘어져 봐도 류타는 완강하게 시선 한번 주지 않는다.

"얼마 전에 나는 아주 큰 선물을 받았는걸."

어떻게 대답해야 좋을지 모르겠다. 류타를 찾아냈을 때도, 그렇게 만나서 제안을 했을 때도 나는 오로지 내 생각만 했으니까. 류타가 주저앉아서 울었을 때 나는 내가 원하는 바와 류타가 원하는 바가 같다고 생각했다. 류타가 나를 안았을 때 서로가 원하는 바를 이룬 것 같아서 마음속 깊이 기뻤다. 그런데 서로 같은 것을 얻었더라도 나는 내가 원하는 것만을 위해서 움직였을 따름이다. 그런 속내를 말하지 않고 모호하게 웃기만 하다니, 나는 역시 교활하다.

단호하게 거절당했지만 그래도 선물 고르는 즐거움을 참아야 한다니 조금 아쉽다. 내가 선호하거나 원하는 것은 우선 한쪽에 놔두고, 류타와 나눴던 온갖 얘기 속에서 상대가 좋아할 만한 것의 실마리를 되짚으면서 여러 매장을 둘러본다. 상대가 포장을 풀었을 때 내가 바라던 대로의 표정을 보면서 쾌감을 맛보고, 잔잔히 퍼지는 기쁨에 취하고…… 오직 살아남는 데에만 골몰했던 십 대 시절의 나에게 이런 과분한 기쁨이 기다리고 있으리라고는 전혀 기대하지 않았다.

이제 류타에게 제대로 된 선물을 주고 싶은데. 그런 생각을 하면서 에스컬레이터를 타고 지하 1층으로 내려와 구두 매장에서 부츠를 보고 있으니, 남성관과 본관을 잇는 통로 건너편, 남성관보다 훨씬 붐비는 식품 매장이 보였다. 아무렇지도 않은 척하면서 류타에게 물었다.

"오늘은 바로 집에 간다고 했나?"

"응."

"저녁은 어머니와 같이?"

"그럼."

"저녁거리는 다 샀어?"

"아니. 역 근처 슈퍼에서 먹을 거 사 가지고 갈 거야. 메모해 둔 게 주머니에 있어."

신문 사이에 든 전단지 뒷면에 적은 메모 속엔 작은 글

에고이스트

63

씨로 '조림으로 만들 만한 생선', '국물 우리는 다시마', '대파'라고 쓰여 있었다. 내가 초등학교 때 어머니의 심부름으로 근처의 채소 가게나 생선 가게에 갔을 적에도 이런 메모를 챙겨 받았던 일이 떠올랐다.

"류타 어머니는 날생선은 못 드시니? 초밥 같은 거 안 좋아하셔?"

"아니, 많이 좋아하셔. 엄마가 아직 정정하게 일하시고 집에 어느 정도 여유가 있었을 때, 한 달에 한 번은 둘이서 가까운 초밥 식당에 가곤 했는데 참 좋았어."

"맞아. 그럴 때면 아주 입맛이 돌지."

"맞아, 맞아. 예전에 일할 때 손님이 긴자의 고급 식당에 데려간 적이 있었는데, 거기서 요리사한테 주문해서 먹었던 초밥보다 어렸을 때 '참치 하나 더 먹고 싶다.' 생각하면서 먹었던 김초밥이 훨씬 맛있었어."

통로를 지나가는 쇼핑객과 부딪치지 않도록 몸을 피하면서 걷던 류타가 갑자기 내 쪽을 향하더니 "미안해." 하고 말했다.

"뭐가?"

"음…… 일 얘기를 해서. 그리고 고스케 씨는 초등학교 때부터 어머니가 편찮으셨는데 눈치 없이."

"일 얘기는 그냥 '힘들었겠다.' 생각했을 뿐이고, 어머니

일은 벌써 이십 년도 더 지난 일이니까, 뭐. 그보다 지금 선물을 정했어."

내 쪽을 바라보던 류타가 얼굴을 미세하게 찡그린다.

"그러니까 그건 아까……."

"류타가 아니라 류타의 어머니를 위해서 선물하는 거야. 저기 봐. 저기 통로를 건너 식품 매장으로 갈 수 있으니까, 거기서 초밥거리를 사자. 어머니가 외출하시긴 힘드셔도 집에서 김초밥은 만드실 수 있을 거야. 국물용 다시마를 사면 그걸로 식초밥도 만들 수 있잖아. 이건 어머니를 위한 선물이니 류타에게 거절할 권리는 없어."

뭔가 더 얘기하려는 류타를 버리고 가듯이 빠른 걸음으로 통로를 건너 식품 매장으로 향했다.

참치를 사고, 게를 사고, 연어알을 사고, 광어를 사고, 북쪽분홍새우를 사고, 붕장어조림이 보이지 않아서 장어 꼬치구이를 사고, 애초에 부탁받은 다시마와 대파를 산 뒤에 김과 차조기, 무순과 오이를 산다. "초밥을 다 먹고 나면 과일이 있어야지." 하면서 알 굵은 딸기도 산다. 양손의 짐이 늘어날수록 류타는 기뻐해도 되는지, 아니면 난처해야 하는지 잘 모르겠다는 표정이 되어 갔다.

"연어알은 오늘 중으로 먹어야 할걸. 다른 재료는 남더라도 또 요리해서 먹으면 되니까. 그 정도는 어머니도 다 알

고 계시겠지만. 아, 달걀은 깨지기 쉬우니까 집 근처 슈퍼에
서 사."

"달걀은 어디에 쓰는데?"

"긴시타마고 만들어 봐……."

"긴시타마고?"

"얇게 구워서 만드는 계란찜이랄까. 가늘게 자른 장어
꼬치구이하고, 오이하고 같이 싸서 먹으면 아주 맛있어. 참깨
까지 조금 뿌리면 정말 최고야!"

"아, 알았어. 그런데 고스케 씨, 정말 괜찮은 거야?"

"있잖아, 나는 우리 엄마한테 선물을 드려 본 적이 없어.
모처럼 나흘 뒤면 크리스마스이니까 한 번쯤은 이런 경험을
하게 해 줘. 크리스마스 선물이 초밥이라서 좀 이상할 수도
있겠지만."

류타의 눈동자에 희미하게 물기가 어렸다. 내가 이러면
그는 분명히 열렬한 답례의 말을 하리라. "고마워."라고 말을
꺼내는 류타에게 웃음을 머금은 채 손사래를 치면서 짐을 다
건네주었다.

"혹시 어머니께서 류타가 전혀 엉뚱한 것들을 사 와서
놀라진 않으시겠지?"

"처음엔 화낼지도 몰라. 뭐라고 설명해야 하지?"

"사실대로 말하면 되지. 헬스장에서 트레이닝을 받는 사

람이 사 줬다고. 그 사람은 열네 살 때 어머니를 잃었는데, '살면서 한 번쯤은 어머니께 선물을 드리고 싶다.'라며 고집을 부렸다고. 거짓말도 아니잖아."

"……응. 그러네, 그렇게 할게. 고마워."

신주쿠역까지 이어지는 지하도를 류타는 나의 옆얼굴을 보면서, 또 양손 가득히 짐을 들고서 행인들과 부딪치지 않도록 재주 좋게 걸었다. 역의 동쪽 출구에서 같이 개찰구로 들어갔다. 그러고는 플랫폼 계단으로 올라가는 나를 류타가 눈으로 배웅했다.

집으로 돌아오는 전철 속에서 좀스럽다고 생각하면서도 방금 쓴 돈을 떠올렸다. 십오만 원. 전혀 후회하지는 않지만 다음 달부터 백만 원 줄어든 돈으로 생활할 것을 생각하니 조금은 반성해야 할 것 같다. 오늘은 집에서 저녁을 만들어 먹자.

전철에서 내리니 플랫폼 위로 살을 에는 바람이 거세게 불었다. 쌀 씻을 물이 얼마나 차가울지 상상하니 도무지 밥 지을 용기가 나지 않아서 집에 가는 길에 1000원숍에 들러 컵라면을 샀다.

집에 들어온 뒤 난방을 켜고 물을 끓여서 컵라면에 붓는다. 지금쯤 류타와 어머니는 둘이서 파티를 하고 있을까. '식초밥을 식히는 일은 체력이 필요하니까 류타가 해야 한다.'

라고 말하는 것을 잊어버렸다. 그러나 알아서 잘 돕고 있을 터다.

"두 사람 앞에는 김초밥이 있고. 내 앞에는 컵라면이 있고."

나는 프랑수아즈 사강의 구절을 흉내 내서 노래 부르듯 혼잣말을 하며 라면이 익기를 기다렸다. 그러고 있자니 침대에 던져 놓은 코트의 주머니에서 휴대폰이 울렸다. 그대로 침대에 앉아서 전화를 받았다.

"여보세요. 벌써 집에 도착했어?"

"응. 고스케 씨, 우리 엄마가 꼭 답례하고 싶다고 해서. 지금 옆에 있거든."

예상 밖의 일이었으므로 "뭐?"라고 얼빠진 소리가 불쑥 새어 나왔다. 내 목소리에 되레 류타가 더 놀란 것 같았다.

"왜, 안 돼?"

"아니, 안 되는 게 아니라…… 조금만 기다려. 나에 대해서는 아까 백화점에서 얘기한 대로 말씀드렸지? 류타가 운동을 가르쳐 주는 사람이고, 또 어머니가 일찍 돌아가셨고……."

"응, 그렇게 얘기했어. 자, 바꿔 줄게."

"저기, 조금만 더 기다려."라는 나의 말을 듣지 못했는지 류타의 목소리는 벌써 휴대폰에서 멀어진 듯했다. "사이토 씨야." 그러더니 곧바로 조금 쉰 것 같은, 그리고 큰 소리로 말하는 방법을 이미 오래전에 잊어버린 것 같은 목소리가 귓가로 흘러 들어왔다.

"처음 뵙겠습니다. 류타 어머니예요."

병약한 어머니의 목소리는 모두 똑같다. 그 목소리를 듣자마자 그렇게 생각했다. 아무 근거도 없고, 우리 어머니하고는 전혀 다른 목소리지만.

"처음 뵙겠습니다. 사이토라고 합니다."

"정말이지 어떻게 고맙다는 말씀을 드려야 할지…… 류타가 늘 신세를 지는데 저까지 이렇게……."

"아니에요. 저는 나카무라 선생이 가르치는 사람 중에서 제일 말을 듣지 않는 사람인걸요. 그래서 쫓겨나기 전에 뇌물이라도 하나 바칠까 해서요."

"아니……."

전화기 저편의 목소리가 조금 밝아진다.

"운동하는 데 불평이 많고, 아주 살찌는 음식만 먹고, 늘 애먹이고 있어요. 이러다가는 결국 혼날 것 같아서……."

"무슨 그런 말씀을…… 게다가 이 생선, 저를 생각해서 류타에게 주셨지요?"

"저기…… 저는 중학교 때 어머니가 돌아가셔서 어머니께 선물을 드린 적이 없어요. 그래서 오늘 아주 즐거웠답니다.

에고이스트

다 제 마음대로 했으니까요. 오늘만은 너그러이 봐주세요."

류타의 어머니가 밝게 대답하시리라고 생각했다. 하지만 되돌아온 것은 꾹 참고 있던 오열이었다.

"미안해요. 울어서…… 이런 일이 있으리라곤 상상도 못해서……."

어떤 대답도 적절하지 않을 것 같아서 도무지 말이 나오지 않았다. 이윽고 울음소리가 멀어졌고, 전화기 건너편에서 류타의 목소리가 들려왔다.

"미안, 고스케 씨. 놀라게 해서."

단지 느낌인지도 모르겠지만 류타의 목소리 역시 젖어 있었다.

"나는 괜찮은데 어머니는?"

"응, 괜찮아. 사실 엄마는 전화하기 전에도 좀 울었어. '이런 일도 있구나.' 하면서 말이야. 창피하지만 나도 조금 울었어."

"왜 그래. 모처럼 생긴 크리스마스 선물이니까 이젠 웃어."

"응, 그렇게. 고마워."

"답례는 이제 괜찮아. 전화해 줘서 기쁘다. 자, 그럼."

전화를 끊은 뒤 침대 위로 쓰러져서 베개에 얼굴을 묻는다. 류타 어머니의 목소리를 듣는 동안 계속 뭔가가 떠오르는 것 같아서 초조함을 느꼈다. 아주 오래전에 잃어버렸다고 생각했던 책을 오랜만에 찾아냈는데, 거칠게 마구 방치된 탓에 종이가 서로 달라붙어서 쉬이 떨어지지 않는다. 세미더블 침대에 누운 채 양쪽으로 천천히 구르며 종이가 떨어지기를 기다린다. 오 분 정도 그러고 있었을까, 드디어 첫 페이지가 머릿속에서 희미한 소리를 내며 펼쳐진다.

초등학교 1학년 때, 5월이었다. 거의 누워 지내던 어머니가 채소 가게에 심부름을 다녀오라며 나를 불렀다. 나는 대답하기 전에 "과자 사고 싶어."라며, 어머니께 심부름값을 달라고 졸랐다. 걸어서 오 분 거리의 채소 가게에서 어머니가 메모해 준 대로 가지와 무, 토마토를 장바구니에 담았다. 그러고는 과자 진열대 쪽으로 다가갔을 때 통로에 놓인 양동이에 수십 송이의 붉은 꽃이 아무렇게나 꽂혀 있는 광경이 눈에 띄었다. 공책 정도 크기의 종이에 손 글씨로 쓴 가격이 양동이에 붙어 있었다.

'카네이션. 큰 것 1000원. 작은 것 500원.'

마치 제압당한 듯 움직일 수 없었다. 저 꽃을 사면 과자를 못 산다는 사실을 알면서도 과자 진열대로 발걸음을 옮길 수 없었다.

얼마 동안 고민했는지는 생각나지 않는다. 카네이션을 손에 쥐고 채소와 같이 계산대로 가져갔을 때 왜 그토록 긴장

에고이스트

했는지 모르겠다. 주인이 계산대에서 젖은 신문지로 꽃의 줄기를 감싸 주면서 "채소하고 따로 줄게."라고 말씀했을 때 고개를 끄덕이기는 했다. 그러나 "감사합니다."라고는 말하지 못했다.

집으로 달려가니 어머니가 기다리고 있었다.

"늦었네. 걱정했어."

"죄송해요." 하고 카네이션을 든 한쪽 손을 등 뒤로 감추고, 다른 손으로 채소를 내민다.

"저기, 과자는 안 샀어."

"응? 그럼, 심부름값은 어떻게 했어?"

나는 카네이션을 어머니의 눈앞에 내밀었다.

"아니……."

"이제 조금 있으면 '어머니의 날'이잖아."

"아니……."

어머니는 한 차례 더 그렇게 말씀하시더니, 아주 천천히 무릎을 꿇으면서 채소를 무릎 옆에 내려놓았다. 그러고는 꽃을 받았다.

고마워, 라고 웃으면서 화답해 주실까. 그러면 나도 웃으면서 "천만에요!"라고 말해야지. 나는 채소 가게에서 집까지 달려오는 동안 계속 그런 생각을 했다. 꽃을 받은 어머니가 나의 바람대로 환하게 반기리라 예상하면서, 급기야 으쓱해

져서 어머니를 보고 "천만에요!"라고 대꾸할 준비를 했다.

어머니는 웃지 않았고, 순식간에 얼굴이 일그러졌다. 그리고 쥐어짜듯이 "참……." 하고 한마디 토하더니 꽃을 든 채, 양손으로 얼굴을 감싸 쥐고 울기 시작했다.

나의 "천만에요."는 공중에서 산산이 흩어져 버렸다. 나는 어쩔 줄 몰라서 우는 어머니를 위로하려고 "엄마, 울지 마. 나는 엄마가 기뻐할 거라 생각해서……." 하고 말했다. 그러고는 전혀 슬프지 않았음에도 어머니보다 더 격하게 울었다.

어머니는 흐느끼면서 "미안해. 아니야, 엄마는 기뻐. 정말, 정말 기뻐." 하고 나를 꼭 끌어안았다. 그 상태로 둘이서 몇십 분을 울었을까. 어머니의 잠옷은 내 눈물과 콧물로 흠뻑 젖어 있었다.

그렇게 한바탕 울고 난 뒤로 카네이션은 호리호리한 술병 같은 작은 꽃병에 담겨서 어머니 베갯머리에 놓였다. 꽃이 꽤 시들었을 때 내가 "다른 꽃으로 바꾸면 어때?" 하고 말했지만 어머니는 웃기만 할 뿐 완전히 시든 뒤에도 언제까지고 그 꽃을 베갯머리에 놓아두었다.

아, 그렇다. 나는 분명 어머니께 선물을 드렸었다. 어머니가 기뻐해 주셨으니까.

침대에 누워서 양손으로 얼굴을 감쌌다. 눈물 탓이 아니다. 어둠 속에서 영화를 상영하듯 더 선명한 색깔로 추억을 되새기고 싶었기 때문에 그런 것이다.

이십 년 동안 옛일을 떠올리지 않았다. 과거는 없다고 생각하며 살아왔다. 그런데 류타의 어머니가 지난날을 환기해 주었다.

선물을 드리려 했는데 오히려 내가 받게 되었다.

이제껏 달라붙어 있었던 종이가 낱낱이 떨어지면서 부드럽게 넘어간다. 나는 기억을 탐닉했다.

문득 간장 냄새가 코를 찌른다. 급하게 침대에서 일어나 컵라면의 뚜껑을 열어 보니 면이 난생처음 볼 정도로 불어 있었다. 국물을 모조리 빨아들였는지 이리저리 기울여 봐도 국물이라곤 전혀 보이지 않았다. 쓴웃음을 지으며 부엌에서 가져온 큰 그릇에 컵라면의 내용물을 부었다. 나는 밀기울 덩어리 같은 면을 꾸역꾸역 먹었다. 웬일인지 맛없기는커녕 나쁘지 않았다.

2004년, 나는 12월 30일까지 일이 있었다. 류타 역시 "좀처럼 만날 시간이 나지 않아." 하면서 미안해했다. 내게 말하지는 않았지만 류타가 그만두었음을 알게 된 손님들은 아주 난리였을 터다.

12월 31일, 친구 집에 몇 명 모여서 와인 병을 열고 있으니 휴대폰이 울렸다. 아버지였다. 새해 첫날에 집에 오지 않는다고 혼날 나이도 아닌데, 하고 생각하면서 전화를 받으니 아버지가 잠시 우물댔다. 그러고는 "내년부터 아키코와 함께 살기로 했다."라고 말씀했다. 예전에 몇 번 뵈었을 때 인사한 적 있는 아버지의 애인이다. 십수 년 전에 남편을 교통사고로 잃었다고, 아버지한테 들었다. 둘 다 배우자와 사별한 사람들이므로 먼저 떠난 배우자에 대해서도 서로 헤아릴 수 있는 부분이 많을 터였다. 그리고 살아 있는 사람에게는 살아 있는 사람이 필요하다.

어머니의 묘소를 찾아뵐 때 말고는 거의 고향에 가지 않는 내게 그 집에 누가 살든 큰 상관이 없었다. 그러나 굳이 솔직하게 알려 주는 아버지에게 그런 말을 하고 싶지는 않았다. 나는 그 소식에 기뻐하며 "아직 일하는 중이라서."라고 둘러댄 뒤 전화를 끊었다.

텔레비전 오락 프로그램에서 요란하게 새해 카운트다운을 개시하자마자 바로 문자가 왔다. 류타였다.

'새해 복 많이 받아! 작년은 나한테 참 좋은 해였어. 고스케 씨에게도 좋은 해였다면 기쁘겠다. 이렇게 말해도 될지 모르겠지만, 올해도 잘 부탁해.'

친구에게 "담배 피울게." 하고 양해를 구한 뒤 베란다로 나간다. 바람이 강하다.

'새해 복 많이 받아. 작년은 물론이고 올해도 내겐 정말,

에고이스트

75

정말 좋은 해야. 올해도 잘 부탁해. 즐겁게 지내자!' 하고 답장을 보냈는데, 아무래도 인터넷 회선에 과부하가 생겼는지 요지부동이다. 결국 포기하고 담배에 불을 붙인 뒤 새해면 늘하는 일을 시작한다. 어머니께 인사드리는 일.

'엄마, 새해 복 많이 받아. 지금 나한테 문자 보낸 사람은 지난 9월부터 나랑 사귀는 사람이야. 이름은 류타야. 알지? 류타는 아픈 어머니를 돌본대. 내가 못 했던 일을 하고 있어. 그래서 처음엔 '놓치고 싶지 않다.'라고 생각했어. 하지만 앞으로, 아무리 오래도록 류타와 사귀어도 내가 그때 엄마한테 아무것도 해 주지 못했다는 사실은 바뀌지 않을 거야. 미안해. 미안해.'

바람이 불어올 때마다 냉기가 소리치며 모공으로 뛰어들어온다. 그저 친구 앞에서 문자를 다시 보내고 싶지 않았기에 베란다에서 휴대폰을 만지작거리고 있었다. 그런데 그 사이 담배가 열 개비 정도 사라졌다. 티셔츠에 얇은 카디건만 걸친 차림으로 무려 두 시간 동안이나 밖에 있었던 것이다. 결국 2005년 새해는 지독한 감기로 시작했다.

5

가죽 트렌치코트의 벨트를 고쳐 묶고, 스톨을 몇 번이나 감아서 목 주위를 감싼다. 일을 마치고 전철역 바깥으로 나오니 집까지 단 몇백 미터의 거리인데도 택시를 타고 싶을 만큼 춥다. 장갑으로 양쪽 귀를 감싸고 걷다가 도중에 편의점에 들러서 오늘 밤에 먹을 저녁을 샀다.

정초 사흘간의 휴일이 지나고 류타를 만나서 돈을 건넸다. 류타는 내가 아무리 만류해도 끝내 듣지 않고 깊숙이 고개를 숙이며 돈을 받았다. 또 삼 주가 흐르고 월급날 전날에 잔고를 확인해 보니 한 달 전 같은 날보다 80만 원이나 적었다.

당연히 집에서 밥을 해 먹어야 한다고 생각했다. 어머니가 돌아가시고 도쿄로 오기 전까지만 해도 밥 짓는 일은 내 몫이었고, 도쿄에 와서 돈이 없던 대학생 시절에도 직접 밥을 해 먹었다. 하지만 직장을 다니고 어느 정도 여유가 생기자 자연스레 식칼을 쥐는 일도 없어졌다.

조금이나마 의욕을 가지고 밥을 차려 먹으려 했으나 고작 일주일 만에 끝났다. 나는 녹초가 돼서 귀가한 뒤에 자기 식사까지 스스로 고민하는 수고를 아무래도 견디지 못하는 사람이었다. 그 뒤로 편의점에서 끼니를 해결하는 횟수가 비약적으로 늘어났다.

이 나이가 돼서 근사한 음식점의 메뉴가 아니라 편의점의 컵라면을 줄줄이 꿰게 되다니. 그런 생각을 하면서 나는 컵라면의 뚜껑을 반만 열고 뜨거운 물을 붓는다. 정해진 조리 시간을 딱 지켜도 그리 맛있지 않다. 쓴웃음을 지은 채 후루룩거리며 먹는다.

점심 값을 아끼려고 도시락을 싸 볼까 했으나 아침 일찍 일어나는 데 성공한 적은 세 번뿐이다. 3월 월급날을 앞두고 괜한 짓을 시작했나 해서 의기소침해졌고 이 정도의 절약도 제대로 해내지 못하는 스스로가 어이없었다.

어머니 기일은 3월 말인데, 올해는 딱 일요일이었다. 어머니 묘소에 가고자 토요일에 류타를 만나서 돈을 건네주고

황망하게 관계를 가진 뒤 신칸센 막차에 급히 올라탔다. 신칸
센에서 국철로 갈아타야 했으나 지역 전철은 벌써 한참 전에
끊겨서 택시를 잡았다. 집에 도착하니 아버지와 아키코 씨가
잠옷 차림으로 텔레비전을 보고 있었다.

"그래, 어서 와."

"오셨어요."

"저 왔습니다. 주무시려는 참이었죠. 조용히 목욕할게
요."

그렇게 말하는 사이에 눈이 마주친 아버지를 무심결에
가만히 쳐다보니 오히려 아버지가 수상하다는 듯 나를 바라
본다.

"왜 그러냐?"

"아무것도 아니야. 목욕할게."

"그래. 나는 이제 잔다. 잘 자라."

아버지가 먼저 일어나고 뒤이어 아키코 씨가 일어선다.

"먼저 실례할게요. 안녕히 주무세요."

목욕물에 몸을 담그고 옛날 기억을 떠올린다. 어머니가
아닌 아버지를 말이다. 저분은 아내가 쓰러진 뒤 팔 년 동안
어떻게 살아왔을까. 우리 집은 작긴 하지만 가족 회사를 경영한
적 있고, 어머니도 건강했을 때는 거기서 근무했기에 의료 보
험료를 낼 만한 여유조차 없이 살아온 류타의 가족과는 비교

하기 어려울지도 모른다.

민감하고 중요한 부분에 대해서는 어떤 얘기도 나누지 않기에 오히려 아버지와의 관계가 원활하다고 생각해 왔다. 그래도 나는 물어야 한다. 어머니 일을, 그 시절 아버지의 기분을.

다음 날 아침 아버지와 함께 집을 나섰다. 걸어서 오 분 정도 거리에 자리한 어머니의 묘소로 향했다. 아키코 씨는 "이럴 땐 둘이서 가야죠." 하며, 그동안 집을 보고 있겠노라고 했다.

"괜히 신경 쓰게 한 건 아닌지."

"네가 신경 쓰지 않아도 된다."

묘소에는 아직 시들지 않은 국화가 놓여 있었다. 아키코 씨가 마련해 주셨으리라. 묘지 수돗가에서 꽃병의 물을 갈고 바가지에 물을 담아서 돌아오니 아버지가 한쪽 손에 양초를 들고 불이 꺼지지 않도록 조심하며 향에 불을 옮기고 있었다. 나는 아버지의 등에 대고 물었다.

"저기, 물어보고 싶은 게 있어."

"뭐냐?"

아버지는 돌아보지 않았다.

"옛날엔 내가 어려서 몰랐는데, 엄마가 아프고 나서 경제적인 부분이나 마음이 힘들지 않았어?"

아버지는 잠시 움직임을 멈추었다. 향에 불이 붙었음을 확인한 뒤에, 나를 돌아보면서 향의 반쪽을 나눠 줬다.

"돈이야 어떻게든 해결했는데, 뭐 보험이 없었으면 어떻게 됐을지 모르지만. 마음은 말이야……."

아버지는 다시 묘소를 돌아보며 모래가 가득 찬 도자기 향로에 향을 꽂았다. 나도 따라서 향을 올렸다. 아버지는 몸을 수그린 채 묘소를 바라보며 말씀을 이었다.

"네 엄마도 팔 년 가까이 노력했지만 사실 처음 입원했을 때 의사 선생님은 '이 년 정도 남았고 그보다 짧을 수도 있어요.'라고 말했었지. 그건……."

"응. 알고 있어."

"도중에 네 엄마도 눈치챘을지 몰라. 앞으로 살 날이 얼마 남지 않았다는 것을. 항상 미안하다고 말하더라고. '미안해, 면목이 없어.'라고 말이야. 나는 그 말이 가장 아렸다. 단한 번도 그런 말을 바란 적 없었어."

"응."

아버지는 여전히 같은 자세로 묘소를 올려다볼 뿐 움직이지 않았다. 바람도, 공기도 움직이지 않았다. 저 멀리서 전차의 달리는 소리가 들려왔다.

"한 번, 정말로 딱 한 번 네 엄마가 내 앞에서 울며 소리친 적 있었어. '우리 헤어지자, 부모님 댁으로 갈 거야.'라고 말했지. 여태 몸에 무리가 없도록 얌전하고 또 얌전하게 지냈으니 나 역시 놀라고 가슴 아플 수밖에. 그때 네 엄마의 얼굴, 목소리는 아직도 가끔 생각나. 내가 네 엄마한테 소리친 적도 그때뿐이었어."

"뭐라고 말했는데?"

아버지는 불 꺼진 양초에 다시 라이터로 불을 붙이면서 천천히 말을 이어 갔다.

"……그런 말은 하지 마. 절대 그런 말은 하지 마. 네가 미웠다면 벌써 헤어졌어. 네가 날 미워한다면 헤어져도 돼. 하지만 아니잖아. 그렇지 않잖아. 우린 인연이니까, 서로가 아직 소중하니까 그럴 수 없잖아. 서로가 아직 소중해서 어쩔 수 없으니 함께 살아갈 수밖에 없잖아. 그렇게 말했단다. 내 말주변이 서툴러서 잘 전해졌는지 어쨌는진 모르지만. 우리 사정을 모르는 사람이 멀리서 들었다면 아마 내가 화를 낸다고만 생각했겠지. 하지만 그때 나랑 네 엄마는 펑펑 울었어."

일부러 차갑게 말하는 듯 들리는 아버지의 목소리가 내 머릿속에선 울부짖음이 되어 울렸다. 내가 알아채지 못하도록 아버지는 필사적으로 아무렇지 않은 척 코를 훌쩍인다. 합장하는 아버지를 따라서 나도 그 자리에 수그리고 앉아 손을 모은 뒤 눈을 감았다. 바람 한 점 없다. 멀리서 희미하게 '지지지……' 들려오는 소리는 땅속 지렁이가 내는 소리일까, 따가

운 햇빛에 달아오른 어린잎이 스치는 소리일까.

집으로 돌아오는 길에 아버지가 넌지시 물었다.

"네게도 무슨 일 있었냐."

연하의 남자 애인이 생겼다고, 사실을 말할 리 없는 나는 술술 거짓말을 읊었다.

"아니, 친구 아내가 아파서, 걔가 나한테 상담을 했는데 제대로 답을 주지 못해서."

"그랬구나."

집까지 아버지와 함께 길을 걸어오는 동안, 나는 아까 아버지가 했던 말을 계속 머릿속에 떠올렸다.

인연이니까 어쩔 수 없잖아. 서로가 아직 소중하니까 어쩔 수 없잖아. 그래, 서로가 아직 소중하고 어쩔 수 없으니까 살아갈 수밖에 없잖아.

"아빠."

"응?"

"나, 아빠 많이 좋아해."

"바보."

"아키코 씨, 좋은 사람이지?"

"그래."

살며시 불어온 바람결에 서향꽃의 강렬한 향기가 은은하게 녹아 있었다. 하늘이 높고, 좋은 날이다. 아버지에게 거짓

에고이스트

말을 할 때마다 느끼던 허무함은 벌써 이십 대 시절에 다 사라졌다. 그게 좋은 일인지, 나쁜 일인지는 모른다. 다만 좋은 날이구나, 하고 느꼈을 뿐이다.

도쿄로 돌아와서 4월의 첫 번째 토요일 오전에 류타와 만나서 운동을 하고, 신주쿠에서 함께 점심을 먹었다. 루미네 백화점 위층에 자리한 뷔페 식당이었다. 내가 접시에 닭고기와 콩, 약간의 현미랑 채소를 수북이 담아서 자리로 돌아오니 "먼저 먹어."라고 일러두었음에도 류타는 젓가락에 손 하나 대지 않고 있었다.

"이제 그 정도는 사양하지 않아도 돼."

"사양하는 게 아니야. 엄마한테 배운 예의지. 그래서 지금도 자연스레 지킬 수밖에 없어."

나는 쓴웃음을 지으며 젓가락을 집었다. 그러자 류타가 나를 따라서 젓가락을 집었고 내게 물었다.

"맞아, 얼마 전에 어머니 묘소에 갔었지. 어땠어?"

"응. 날씨도 좋았고, 아빠하고 이야기도 많이 나누고, 뭔가 좋았어."

마주 보며 식사하고 있자니 문득 류타에게 묻고 싶었다. 무슨 생각으로 몸을 파는 일에 뛰어들었느냐고. 그러나 어떻게 말해야 좋을지 몰랐고, 자꾸 고민하느라 점점 젓가락질이 흐트러졌다. 류타가 그런 내 모습을 보면서 차를 따른다.

"식욕이 없다니, 드문 일인데? 항상 여기에 있는 이 트레이너가 '적당히 좀 드세요.' 하고 말릴 만큼 잔뜩 먹었으면서."

"아침 운동은 힘든 일이라고. 식욕도 없어진다니까. 앞으로는 오후에 운동하자, 부탁할게."

겨우 미소 지으며 닭고기 숯불 구이를 입으로 가져가는 나에게 류타도 똑같이 웃으면서 고개를 끄덕인다. 류타에게 묻더라도 지금은 아니다. 옆자리 커플의 소곤거리는 소리마저 하나하나 다 들리는 이 식당에선 적합하지 않은 질문이다.

식사를 마치고 식당을 나와서 엘리베이터에 오르니 마침 우리 두 사람뿐이었다. 먼저 입을 연 사람은 류타였다.

"왜 그래? 어딘가 이상해. 내가 뭐 실수했어?"

나는 당황해하며 고개를 저었다.

"그럼, 정말 몸이 좋지 않은 거야?"

"아니, 그게 아니라…… 류타에게 물어보고 싶은 게 있어서."

"뭔데?"

1층에 도착할 때까지 엘리베이터 문이 열리지 않기를 바라며 나는 말했다.

"……작년까지 했었던 일, 처음 시작했을 때 어떤 생각이었어?"

에고이스트

류타의 시선이 정면으로 나를 향했다. 무리하게 웃음을 지으려고 그랬을까? 류타의 입가가 일그러졌다.

"······역시 그런 일을 했던 사람하고는 사귀지 못하겠어?"

"아니야!"

엘리베이터가 1층에서 멈췄다. 올라타려는 사람들을 헤치고 바깥으로 나오니 길거리 사람들의 말소리가 떠들썩하게 뒤섞이며 더 이상 들리지 않았다. 굳이 말해야 한다면 지금이다.

"미안해. 그런 이유로 물은 건 정말 아니야. 묘지에 갔을 때 아빠한테 물어봤거든. 옛날에 엄마를 돌보는 동안 어떤 생각으로 지내셨는지. 보통은 말이 없는 사람이라 내가 몰랐는데, 속 깊은 이야기를 많이 해 줘서 기뻤어. 그래서······."

나를 바라보려고 그랬는지 조금 앞서 걷고 있던 류타의 걸음걸이가 갑자기 느려졌다. 웃음은 없지만 그렇다고 무리하게 어떤 표정을 지으려고 애쓰지도 않은, 평상시의 얼굴이었다. 류타는 "······이런 이야기를 카페 같은 데서 하면 아무래도 옆 사람이 무척 신경 쓰이겠지? 걸으면서 얘기할까." 하고 말하면서 나와의 거리를 좁혔다.

"진심으로 원해서 했던 일은 아니었어. 하지만 달리 방법이 없었어. 그 길밖에 없었다고. 이게 유일한 길이라면 갈 수밖에 없다, 생각했지. 엄마가 소중하니까 그럴 수밖에 없다고 말이야."

신주쿠의 소음이 돌연 내 주위에서 사라져 버렸다. 어머니 묘소에서 들었던 '지지지……' 소리만이, 그 작은 소리만이 남은 세상이었다.

"고스케 씨? 고스케 씨?"

류타의 목소리가 아득히 멀리서 들려오는 것 같다. 그 기묘한 느낌에 정신이 돌아왔다.

"아…… 미안."

"오늘 정말 이상하네. 부모님 집에서 무슨 일 있었어?"

"……이상한가. 음…… 뭐라고 말해야 좋을까…… 기쁘다…… 그래, 지금 얘기해 줘서 기뻐."

"기뻐?"

"응."

둘이서 목적지도 없이 걷는 동안 어느새 고층 빌딩들이 늘어선 거리에 이르렀다. 토요일의 고층 빌딩 거리는 인적이 드물어서 아까처럼 주변에 신경 쓸 필요가 없었다. 나는 묘지에서 아버지가 들려준 이야기를 그대로 류타에게 전했다. 이야기가 끝나 갈 즈음 우리는 어느 쪽이 먼저라고 할 것도 없이 서로 어깨가 닿을 만큼 가까워졌다.

"그랬구나. 고스케 씨 아버지, 내 마음과 똑같았구나."

에고이스트

"맞아. 그리고 나하고도 똑같아."

"응?"

"나하고도 똑같다고. 류타도 내게 소중하고, 전화로 뵈었을 뿐이지만 류타의 어머니도 소중해. 그러니까 할 수 있는 데까지 해 보자고 다짐하면서 도쿄로 돌아왔어."

"……우리 모두 똑같구나."

"그래."

"……나하고만 똑같은 게 아니었어."

"그래."

"……고마워."

"똑같다는 것만으로 고맙다고 말하지 마."

"……응."

빌딩 거리를 빙 돌아서 오다큐 백화점 앞에 도착했다. 일단 집에 돌아가서 저녁을 먹은 다음, 두 시간 정도 자고 일하러 나가겠다고 말하는 류타를 거의 억지로 백화점 지하 매장까지 끌고 가서 김초밥 재료를 사 줬다. 참치와 광어, 도미, 연어알을 전부 7만 원 조금 안 되는 가격에 구입한 뒤에 신주쿠역 개찰구 앞에서 악수를 했다. 팔을 구부리고 손가락은 앞을 향한 상태로 맞잡은 두 손. 길거리에서 남자끼리 하더라도 누구든 이상하게 여기지 않는 그런 악수다.

"어머니께 답례로 전화하지 않으셔도 된다고 말씀드려."

"알았어. 그럼, 또 봐."

십 미터 정도 걷다가 뒤돌아보니 류타는 여전히 개찰구 앞에 서 있었다. 류타는 뒤돌아서 나를 바라보더니 방금 악수한 오른손을 꽉 쥐어서 얼굴 가까이에 가져다 댔다. 그러고는 그 주먹에 키스를 해 보였다. 나는 웃으면서 손을 흔들었고 다른 개찰구로 걸음을 옮겼다.

나와 아버지와 류타는 모두 다른 사람이면서 모두 똑같다.

나의 어머니와 류타의 어머니는 다른 사람이면서 똑같다.

소중하니까 어쩔 수 없다. 어쩔 수 없으니까 살아갈 수밖에 없다.

에고이스트

6

애인이라고 말할 수 있는 상대를 만든 내게 주변 친구들은 눈을 동그랗게 뜨고 "방어에 들어갔다."라고 놀리며 웃어댔다.

류타가 예전에 무슨 일을 했었고 지금 우리가 어떤 식으로 사귀고 있는지, 나는 12월 31일을 함께 지낸 게이 친구들에게 차를 마시면서 이야기했다. 친구들은 입을 모아서 "지극한 사랑이네." 하며 한숨을 쉬었다. 그들이 나를 배려해서 그런 말을 했는지, 아니면 정말로 그렇게 생각했는지는 모를 일이다. 어느 쪽이든 그 말투엔 약간의 빈정거림조차 없었다. "그렇지 않아." 하고 솔직하게 대꾸하면 그들의 진심에 찬물을 끼얹는 꼴이므로 나는 모호하게 웃을 수밖에 없었다. 다만

에고이스트

"아무에게도 말하지 마."라고 거듭 주의를 주고 다짐까지 받아 냈다. 그 뒤로 누구에게든 그 이야기는 하지 않기로 결심했다.

순수하게 오직 연애에만 몰두하는 순간은 처음 만났을 때뿐이다. 류타 몰래 그의 얼굴과 몸, 행동을 관찰하고, 과연 내 애인이 될 수 있을까 고민하면서 하늘로 날아오르기도 했으며, 가끔 그런 생각에 사로잡혀서 내려야 하는 전철역을 지나치기도 했었다, 그때는 말이다. 처음과 비교하면 이젠 '그 밖의 것들'이 정말 많다. 그리고 지금 나에게는 '그 밖의 것들'이 훨씬 소중하다. 아마 그것은 류타도 마찬가지이리라.

사람들은 연애할 때 손을 맞잡고 서로를 바라본다. 그렇다면 손을 맞잡고 같은 방향을 바라봤던 우리는 어땠을까. 서로를 바라볼 때조차 상대에게서 '똑같은 부분'을 찾아내려고 필사적이었던 우리는 어땠을까.

함께 운동을 하고 식사를 하고, 시간이 남으면 내 방에서 소일했다. 우리는 때때로 옷을 벗지도 않고, 그저 껴안은 채 이야기를 나눴다.

"초등학교 4학년 여름 방학 때 가족끼리 시즈오카의 오마에자키에 갔어. 엄마가 아프신 뒤로 처음 떠난 가족 여행이었지. 1박 2일 일정이었어. 여름하고 겨울에 차로 사십 분 정도 걸리는 엄마의 친정에 다녀오는 일이 '기나긴 여행'처럼 느껴졌으니 참 좋았지. 어쩌면 엄마 몸 상태가 좋아질 때를 계속 기다렸던 것 같아. 지금 생각해 보면 그리 대단한 여관도 아니었어. 그런 생각을 아빠한테 솔직히 털어놨다면 분명 혼났을 거야. 온천도 가고, 밥도 먹었어. 밤엔 도통 잠이 오지 않아서 이불 속에 누워 있으면서도 곁에 있는 엄마한테 계속 이야기했어. 초등학교에 들어갈 무렵엔 자기 방에서 자기 마련이니까. 무슨 이야기를 했더라? 생각나지 않아. 정말 두서없는 이야기였을 거야. 뭘 얘기했는지보다 그냥 얘기할 수 있다는 것 자체가 기뻤는지도 몰라. 그다음 날엔 등대를 보러 갔어. 등대 위엔 나와 아빠만 올라갔고, 엄마는 아래에서 기다리셨지. 그리고 등대에서 내려온 뒤에는 셋이서 함께 오래도록 바다를 바라봤지. 바다도, 등대도 모두 고향 집에서 걸어갈 수 있는 거리에 있는데도 이젠 바다라 하면 오직 오마에자키 바다만 생각나. 심지어 고향 집이 육지에 둘러싸인 어촌에 있음에도 말이야. 거기와 달리 오마에자키 바다는 바람도 강하고 파도도 높더라고. 끈적거리고 고인 것 같은 냄새가 전혀 풍기지 않았어. 여기 바람이라면 엄마의 병까지 쓸어 가 줄까, 바다가 모조리 녹여 없애 줄까. 그런 생각을 하면서 연신 손을 쥐고 바다를 바라봤어."

"나는 말이야, 열여덟 살 때 처음으로 그 일을 시작하고 석 달 정도 지났을 때 엄마랑 여행을 갔었어. 버스를 타고 야

에고이스트

마나시에 가서 당일치기로 포도와 배를 따는 여행이었지. 숙박하는 여행은 좀 걱정이 됐거든. 집합 장소에 갔더니 모두 엄마 또래의 아주머니들뿐이어서 내가 얼마나 튀었는지 몰라. 처음에 방문한 배 농장에서는 우선 바닥에 비닐 시트를 깔고 엄마를 앉혔지……. 생각해 봐, 배를 따든 포도를 따든 허리를 구부린 채 돌아다녀야 하니까 엄마한테는 무리라고 생각해서 가져갔던 거야. 1000원숍에서 산 파란색 방수포였지. 그러고는 나 혼자 농장을 한 바퀴 빙 돌면서 제일 맛있어 보이는 배를 두 개 따 왔어. 맞아, 정말 고심해서 골랐지. 자리에 돌아오니 같이 여행 온 아주머니들 다섯 분 정도가 엄마와 같이 앉아 계시더라고. '아들하고 같이 여행도 하고 좋네.'라면서 엄마한테 얘기를 하고 계셨어. 결국 나는 투어가 끝날 때까지 배하고 포도를, 무려 그 아주머니들 몫까지 다 따서 비닐 시트 자리로 가져다줘야 했지. 그래도 엄마의 건강 상태를 알게 된 아주머니들이 투어를 마치고 돌아갈 때 비닐 시트를 접어 주시고, 배와 포도 농장에서 나온 쓰레기들마저 '어차피 우리들 것도 치워야 하니까.'라며 몽땅 가져가 주셨어. 어쩐지 굉장히 기뻤어. 요즘에도 엄마는 여섯 달에 한 번씩, 그나마 몸 상태가 괜찮을 때면 친구들이랑 당일치기 버스 여행을 가셔. 그 친구 중에 간호사가 계신데, 무슨 일 있으면 자기가 나서겠다고 안심시켜 주셨어. 그 일을 하고 있을 때, 버스 여행에서 돌아온 엄마의 웃는 얼굴을 보면 피곤이 싹 가신 듯했지. 그 일을 하는 것이 틀린 선택 같지 않았어."

계속 이야기하는 류타의 목덜미 냄새를 들이마시면서 생각에 잠겼다. 안다, 이제 이것은 더 이상 연애가 아님을. 그럼에도 사랑이라고는 도저히 부끄러워서 말하지 못하겠다. 내 흥에 겨운 일을 사랑이라고 말할 수는 없다.

7월 초순, 모처럼 날씨가 개서 맑은 하늘이 펼쳐진 날이었다. 우리는 그날, 토요일 점심 전에 만나서 식사를 하고 이세탄 백화점을 같이 어슬렁거리고 있었다. 그런데 류타의 휴대폰이 울렸다.

"아, 엄마다."

류타가 그렇게 말하면서 전화를 받았다.

"엄마, 끝났어? 지금 어디야? 응. 우리는 신주쿠에 있어. 응. 그럼, 삼십 분 뒤에 만나."

전화를 끊고 청바지 주머니에 휴대폰을 집어넣은 뒤 류타가 내 쪽을 향했다.

"오늘 엄마가 아리아케에 있는 병원에 가셨는데, 지금 진료가 끝나서 역에 계시대."

"전철로 가셨어?"

"응. 아침에 같이 나왔어. 사이토 씨하고 운동 약속이 있다고 말했어."

　　일부러 전철을 타고서 진료를 받으러 갈 정도라면 상당
히 유명한 병원일 텐데, 아리아케에 있는 유명한 병원이라면
암 전문 병원밖에 없다. 바로 그 점을 눈치챘지만 나는 어떻
게 반응해야 좋을지 몰라서 적당히 말을 이었다.

　　"신주쿠에서 어머니와 같이 집에 가려고?"

　　"응. 그 전에 어머니가 고스케 씨 만나서 이제껏 선물해
준 성의에 대해 감사 인사를 하고 싶으시대."

　　나는 주변 쇼핑객들이 놀라서 돌아볼 만큼 해괴한 목소
리로 말했다.

　　"아냐, 감사 인사를 하실 필요는 없어."

　　"아냐, 아침에 집에서 나올 때부터 꼭 부탁한다고, 엄마
가 말씀하셨어."

　　"아냐, 그래도…… 그런 상황에서 대충 어떤 표정을 지
어야 할지도 모르겠고."

　　"그렇게 어렵게 생각할 필요 없잖아. 딱히 애인이라고
소개하지도 않았고."

　　류타의 말에 문득 깨달았다. 자의식 과잉에도 정도가 있
지. 나는 연신 웃으며 과일 매장에서 비파와 버찌를 구입한
뒤, 류타와 함께 신주쿠역으로 걸어갔다.

　　사이쿄선의 플랫폼에 도착하자 류타가 바로 손을 높이

들어 올렸다. 그 모습을 눈여겨보던 한 사람이 이쪽으로 미처 다가서기도 전에 깊이 고개 숙여 인사를 했다. 나 역시 류타 옆에서 한껏 숙이고 답례 인사를 올렸다.

병원에서 입고 벗기 편하도록 골랐음이 분명한 긴 소매의 헐렁한 남색 상의가 걸을 때마다 공기를 머금고 여윈 몸을 더욱 도드라지게 했다. 류타 어머니는 우리 앞에서 한 차례 더 허리 숙여 인사했다.

"사이토 씨, 갑자기 말해서 미안해요. 우리 엄마예요."

류타가 내게 말한다. 말하는 방식이나 목소리가 완전히 사무적으로 사람을 상대할 때의 그것이다. 나나 나의 게이 친구들은 다른 사람 앞에서 애인을 애인으로 대하지 못할 때가 많았다. 하물며 부모 앞에서라면 애인으로 대하기가 훨씬 어려우리라. 내가 류타였어도 똑같이 행동했을 것이다.

"안녕하세요. 류타 어머니예요."

류타 어머니에게 나도 이름을 밝혔다. 류타 어머니는 고개를 다 들기도 전에, "아들보다 제가 더 신세를 져서……." 하고 말씀을 이었다.

"무슨 그런 말씀을요. 저는 어머니를 일찍 여읜 터라 제 어머니께 뭔가 선물해 드린 경험이 거의 없어요. 그래서 이런 일을 꼭 해 보고 싶었을 뿐이에요."

류타가 종이 쇼핑백 안쪽을 어머니에게 보였다.

에고이스트

"오늘도 받았어. 비파하고 버찌."

"아니…… 너 또 제멋대로 굴었구나."

나는 급히 끼어들었다.

"아니에요, 이것도 제가 제멋대로 산 거예요. 나카무라는 극구 거절하는데도 제가 항상 곤란하게 만들죠."

류타 어머니는 다시 내 쪽을 바라보더니 또다시 고꾸라지듯 인사를 했다.

"이렇게 버릇없이 키워서 혹시 실례가 되지는 않았을지 늘 걱정이에요……."

"나카무라가 관리하는 사람 중에서 아마 제가 제일 제멋대로일 거예요……. 그래, 이 주 전쯤에 그렇게 말했었지, 나카무라?"

"저 좀 봐주세요. 그럼, 엄마 앞에서 뭐라 대답할 수가 없잖아요."

우리가 대화를 나누는 사이, 마침내 류타 어머니의 표정이 부드러이 풀어졌다. 그것을 신호 삼아서 나는 류타 어머니의 모습을 주의 깊게 바라볼 수 있었다. 옛날에는 틀림없이 '미인' 소리를 들었을 외모. 얼굴 한쪽에 자리 잡은, 감추고 싶어도 도무지 감출 수 없는 기미. 깊이 파였다기보다 도려낸 듯 보이는 주름. 그리고 흰머리가 섞인 윤기 없는 머리카락.

아름답다. 진심으로 그렇게 생각했다. 왜냐하면 그 얼굴이야말로 다른 모든 것을 희생하면서까지 끝내 살아남은 사람의 얼굴이었으니까. 전혀 안 닮았음에도 내 어머니가 떠오른다. 만약 어머니가 쉰 살까지 살아 계셨더라면 아마 이런 얼굴을 가지셨겠지. 내 서른 살 생일에 문득 '어머니가 살아 계셨더라면⋯⋯' 하고 상상한 적이 있다. 내 상상 속에 나타난 쉰넷의 어머니는 분명 이런 얼굴이었고, 이런 머리카락을 지니고 있었다.

플랫폼 계단을 내려가기 시작했을 때 전동차가 플랫폼 안으로 미끄러지듯 들어왔다. 류타는 걸음을 멈추고, 전철에서 내리는 승객 대다수가 먼저 계단을 내려가는 모습을 지극히 자연스러운 눈길로 쳐다봤다. 그들 뒤를 따르는 류타와 류타 어머니의 지나칠 정도로 느린 걸음걸이에 나는 놀랐다. 플랫폼을 잇는 지하 통로에서도 사람들은 모두 우리 옆을 바삐 지나쳐 갔다. 물론 나는 조금도 내색하지 않은 채 두 사람의 속도에 보조를 맞췄다.

게이오선 개찰구 앞에서 인사를 주고받은 뒤 두 사람을 배웅하려고 하니 류타 어머니가, "먼저 가세요."라며 나더러 얼른 가라고 재촉했다. 그 배려에 감사 인사를 올리고, 바로 옆에 위치한 야마노테선 플랫폼의 계단을 올랐다. 층계참 중간에서 뒤돌아보니 류타와 류타 어머니가 역시 그 자리에서 움직이지 않고 이쪽을 눈으로 배웅하고 있었다.

에고이스트

그렇게 뛰어든 야마노테선 전철에는 웬일인지 사람이 적었다. 나는 자리에 앉아서 두 사람이 타는 게이오선 전철도 한산하기를 바랐다.

암 투병을 하는 사람에게 집에서 아리아케까지 전철로 왕복하는 일이 얼마나 큰 부담인지 류타도 분명 알 것이다. 만약 류타가 운전면허를 가지고 있음에도 어머니의 부담감 앞에서 속수무책인 상황이라면 방법은 한 가지뿐이다.

밤이 되자 류타에게서 문자가 왔다. "엄마가 비파도 버찌도 연신 맛있다고 얘기하면서 많이 드셨어. 최근엔 음식을 좀체 드시지 않으셨는데, 잘 드셔서 나도 기뻤어. 엄마가 감사 인사를 전하라고 하셨는데, 정말 고마워." 그때 나는, 장마가 걷힌 뒤 초등학교 참관 수업을 마치고 어촌 냄새가 자욱한 길을 쉬엄쉬엄 걷던 어머니와 보조를 맞춰 집으로 돌아오던 날을 떠올리며 통장 잔고를 확인하는 중이었다.

내가 이 이상으로 과하게 류타 흉내를 낸다면 지금도 돈을 건네받을 때마다 어색한 표정을 짓는 류타와의 관계가 크게 훼손될지도 모른다. 그럼에도 나는 지금 이대로의 관계를 계속 유지할 수 없었다.

나는 내 이야기를 완성하기 위해 류타를 돈으로 샀다. 그것이 얼마나 오만한 행위인지 안다. 하지만 류타 어머니는 내 어머니와 달리 살아 계시다. 아직 살아 있는 그의 어머니를 위해 타인인 내가 뭔가 하고 싶다고 생각하는 일은 역시 오만일까.

그다음 주 일요일, 류타와 만났을 때 나는 그의 거듭된 답례 인사에 손사래를 치며 얘기를 지어냈다. 열흘 전쯤에 친구의 차를 타고 드라이브를 다녀왔는데 재미있었다고, 나도 차를 사 볼까 생각했다고. 또 차는 옷과 달리 멀쩡히 굴러가기만 하면 되니까 차종이나 새 차인지 중고차인지 따위엔 관심이 없다고. 게다가 운전하는 데에 금방 질릴 수도 있으므로 500만 원 이내의 괜찮은 중고차를 찾고 있다고……. 류타는 의외의 일이라는 표정으로 가만 듣고 있었다.

"운전면허 있었구나."

"응. 뭐 신분증으로 사용했을 뿐이지만. 운전해 보면 꽤 재미있지? 류타는 운전면허 있어?"

"응. 예전엔 운전 많이 했어."

왜 이젠 운전하지 않는지 굳이 물어보지 않아도 안다. 나는 아무렇지도 않은 얼굴로 계속 말했다.

"그러면 말이야, 내가 차를 사면 같이 드라이브 가자. 오갈 때 서로 교대로 운전하면서."

"와, 정말 신나는 일인걸."

"아니면 아예 이참에 차를 사러 함께 갈까? 중고차 파는 데엔 아직 가 본 적 없고 혼자 가면 뭐가 뭔지 모를 테니까."

에고이스트

"응. 뭔가 신중해야겠지만 정말 재미있겠다."

류타가 내 앞에서 처음으로 어린아이처럼 웃었다. 류타 어머니를 위해 사는 거라고 미리 말해 버렸다면 생선을 사 드렸을 뿐인데도 죄송해하던 류타가 결코 이렇게 웃지 않았으리라. 이런 얼굴을 볼 수 있다는 것만으로도 좋았다. 우리는 연신 웃으며 다음 주 약속을 정했다.

약속한 날 하루 전에, 나는 류타에게 문자로 '만나기 전에 후츄에서 논의할 일이 생겨서, 거기에 가는 김에 류타의 집 근처까지 갈게. 혹시 그 동네 근처에 중고차를 파는 데 알아?'라고 물어보았다. 곧 류타에게서 답장이 왔다. '알지. 중고차 판매점은 알고 있어. 내일 정말 기대된다.'

다음 날 기타노역 앞 원형 교차로에서 류타에게 문자를 보냈다. 그러니 곧바로 '지금 버스 안이야. 곧 도착해.'라고 답이 왔다. 오 분 정도 기다렸을까, 류타가 나타났다. 이제 장마가 물러갔다는 며칠 전의 일기 예보대로 한낮의 거리는 눈이 아프도록 부셨고, 류타의 티셔츠는 벌써 땀에 젖어서 몸에 달라붙어 있었다.

"집이 역에서 꽤 떨어져 있나?"

"걸어서 삼십 분 정도? 어중간하게 멀어."

중고차 판매점은 택시로 오 분 거리에 있었다. 택시에서 내렸을 때, 나는 류타에게 미리 준비한 질문을 던졌다.

"요전엔 어머니하고 같이 역에서 버스를 타고 갔어?"

"응."

"버스에 사람 많았어?"

"그렇진 않았는데, 일단 무더우니까 기다리는 것만으로도 지치더라고."

"류타도 지칠 정도라니."

"그야 그렇지. 그날 고스케 씨도 계속 '청바지가 달라붙어!' 하고 말했었잖아."

나는 웃으면서 고개를 끄덕인 뒤, 애써 태연한 얼굴로 물었다.

"저기 말이야, 생각해 봤는데, 차 사면 류타가 가져."

"뭐?"

"어머니가 병원에 가실 때 류타가, 만약 시간이 난다면 운전해서 모시고 가."

"그건……."

"그래. 내가 차를 사지만 주인은 류타라는 말이야."

"안 돼. 그건 무리야. 그렇겐 못 해."

"왜?"

"그러니까…… 받을 수 없어."

"저기…… 이 주 전에, 신주쿠역에서 류타 어머니를 뵀을 때 어머니가 천천히, 아주 천천히 계단을 내려오셨잖아.

에고이스트

그 모습을 보니…… 뭐라고 말해야 좋을지 모르겠지만…….”

류타가 내게서 시선을 떨어뜨린다.

“류타, 내 어머니는 팔 년 동안 앓으시다가 내 나이 열네 살 무렵에 돌아가셨어. 우리 집은 엄청 시골이었기 때문에 차가 없으면 안 되기도 했지만, 아무튼 병원에 갈 때마다 아빠가 꼭 차로 데려다줬어. 류타도 사실 그렇게 해 드리고 싶잖아? 우리도 견디기 힘든 무더운 날에, 어머니가 땡볕 아래서 버스를 기다린다고 생각해 봐. 그런 일, 정말 원하지 않잖아?”

류타는 시선을 떨군 채 아무 말도 하지 않는다. 동작을 멈춘 류타의 이마와 목덜미에 맺힌 땀방울이 더욱 도드라진다. 나는 말을 이어 갔다.

“나도 그런 일, 원하지 않아. 편찮은 어머니가 그러기를 원하지 않는다고. 그렇다면 우리 맘이 같은 거잖아, 똑같은 바람을 가지고 있잖아. 그러니까 실현해 보자고. 그런데도 류타가 도저히 안 되겠다면 500만 원의 예산 중 200만 원 정도는 류타가 부담해.”

류타가 드디어 내 쪽을 바라봤다.

“200만 원을 한꺼번에 내라는 건 아니야. 가령 매달 10만 원씩 갚으면 어떨까.”

“응. 그렇게 한다면…… 하지만 지금도 난 매달…….”

“그러니까 이제부터는 구태여 사양하지 않았으면 해. 둘이서 할 수 있는 데까지 해 보기로 했잖아. 나는 현실적으로 차가 필요하다고 생각해. 류타는 어때?"

"……있으면 정말 좋겠지."

"그럼 정해진 거네. 우리 둘의 자동차지만 고르는 사람은 류타야. 차에 대해서라면 나보다 더 잘 알지? 그보다 얼른 매장에 들어가자. 이대로 있다가는 쓰러지겠어."

무자비하게 내리쬐는 햇볕, 길거리에 고여 있는 배기가스의 열기, 아스팔트가 내뿜는 더위 탓에 우리는 청바지 색깔이 더 짙어질 만큼 땀투성이가 됐다.

나는 시원한 에어컨 바람이 가득한 매장 안으로 얼른 피신했다. 류타는 티셔츠가 땀을 머금다 못해 방울져 떨어지는데도 달리 신경 쓰지 않고 야외 전시장의 차를 둘러봤다. 그러나 결국 다음번에 고르기로 했다.

"친구 연줄이라든가, 활용할 수 있는 방법은 전부 동원해서 골라야지."라고 말하며 류타가 웃어 보였다. 그러고는 내게 어떤 차를 원하는지 물었다. "어머니가 오래 타더라도 피곤하지 않은 차라면 다 좋아. 그런데 지금은 자동차보다 아이스티 생각뿐이야. 역 앞, 어디 카페에 가서 한잔 마시자." 하고 나는 대답했다. 그러고는 곧장 택시를 잡고자 손을 들어 올렸다.

택시에 오르자 류타가 바로 내 손을 잡았다. 땀으로 끈적

했다. 방금 전까지 피부에 달라붙어 있던 공기보다 훨씬 뜨거운 손이었다.

"원하지 않으면 말해."

"전혀."

역으로 이어진 길은 제법 막혔다. 운전기사는 미안하다며 양해를 구했고, 이에 전혀 신경 쓰지 않는다고 대답하는 와중에도 내 눈은 맞잡은 두 손을 계속 바라봤다.

역 앞에 자리한 도토루 커피숍에서 류타는 자기가 사겠다며 아이스티 두 잔을 주문했다. 그러고는 청바지 주머니에 손을 찔러 넣었다. 미처 붙잡지 못한 동전들이 또다시 바닥 위로 흩어졌다.

"벌써 몇 번째야. 이제 지갑을 사지 그래."

"나는 아마 지갑을 쓰더라도 이렇게 쏟을걸."

나는 그 말에 웃으며 점원에게서 아이스티를 건네받았다.

두 달 뒤, 류타는 친구가 보상 판매를 하려던 차를 구입했다. 늘 만나는 장소인 기타노역 앞 원형 교차로에서, 언제나처럼 류타가 내리는 버스 정류장 주변을 연신 바라보고 있었다. 그런데 웬 낯선 자동차가 내 앞에 서더니 운전석에서 익숙한 얼굴이 손을 흔들었다. 그 웃는 얼굴을 나는 지금도 떠올린다.

7

게이 친구가 애인과 헤어졌다. 한창 관계를 가지는데 상대가 잠들어 버렸다고 한다. 처음엔 웃었고 두 번째엔 경고했으며 세 번째에는 화를 냈다. 그리고 네 번째로 같은 일이 반복되자 크게 싸우다가 헤어졌다고 한다.

신주쿠 2초메 근처의 데니스 패밀리 레스토랑에서 푸념과 욕설과 우는소리가 오 분 간격으로 교차하는, 기이한 쇼 같은 하소연이 무려 한 시간 동안이나 이어졌다. 거기에 맞장구를 치면서 나는 '그런 일로 헤어졌으면 우린 벌써 다섯 번은 족히 헤어졌을걸.' 하고 생각했다.

류타는 낮이든 밤이든 닥치는 대로 일하고 남는 시간에 나와 만났으므로 언젠가부터 대부분 잠만 자더라도 놀라지

에고이스트

않았다. 차를 구입한 뒤로는 기타노역에서 만나 드라이브를 다닐 때가 많았는데, 그것도 석 달이 지난 다음부터는 교외 패밀리 레스토랑의 넓은 주차장에서 류타가 한 시간 남짓 선잠을 자다가 식당에 들어가서 요기를 해결하고 말 때가 더 많았다. 그런 모습에 화낼 수는 없다. 이런 내 입장을 친구에게 전했다가는 "그럼 내가 나쁘다는 거야?" 하고 발끈할 터이므로 잠자코 듣고만 있었다.

그런 생활을 하는 사람은 류타지만 그런 생활을 하도록 만든 사람은 나이기에 나는 탐하듯이 잠자고 일어나서 몇 번이나 미안하다고 말하는 류타에게 화를 내기보다는 되레 미안했다. 우리는 애인이라기보다 공범자 같았다. 러브호텔에서는 침대 머리맡에서, 자동차 조수석에서는 바로 옆에서 나는 류타의 잠든 얼굴을 휴대폰 카메라로 촬영했다. 그의 잠자는 얼굴은 내 사진 보관함에 벌써 수십 장이나 쌓였다. 나중에 그 얼굴들을 가만 비교해 보자니 분명 같은 사람이 자고 있음에도 매번 미묘하게 표정이 다르다는 사실을 깨닫게 된다. 혼자 있을 때 그 사진들을 들여다보는 일이 내게는 관계를 가지는 일 같았다.

2006년 9월이 끝나 갈 무렵, 우리는 늘 그렇듯이 일요일 점심 전에 기타노역에서 만났다. 마중하러 나온 류타가 조수석에 나를 태운 뒤 차를 달리자마자 머뭇거리며 말을 꺼냈다.

"저기, 부탁이 있는데…….."

"뭔데?"

"내일이 엄마 생일이야. 그래서 요전에 뭘 원하시는지 물어봤는데, 그냥 밥이 드시고 싶대."

"좋네. 어머니도 가끔 그 정도 호사는 누리셔야지. 내가 좋아하는 식당 몇 군데를 좀 알려 줄까?"

"아니야. 고스케 씨도 함께, 셋이서 밥을 드시고 싶대. 그래서 지금 우리 집에 가는 길이야. 엄마가 아침부터 준비하셨거든."

내 대답을 기다리지도 않고, 이제껏 직진만 해 왔던 교차로에서 류타가 우회전을 했다. 십 분 정도 달린 뒤, 류타는 자갈이 가득 깔린 주차장에서 차를 세웠다.

"주차비 꽤 비싸지 않아?"

"아니. 집주인에게 엄마 사정을 솔직하게 말했더니 거의 무료로 사용하게 해 주셨어. 참 좋은 분이야."

주차장 정면에 2층짜리 아파트가 있었다. 건축한 지 삼십 년은 족히 넘었으리라. 애초에 하얗을 외벽은 자연스레 빛이 바랬고, 군데군데 탁한 잿빛 무늬가 번져 있었다.

구식 동그란 은색 문손잡이를 돌리며 류타가 집 안으로 들어간다. 나도 인사를 하면서 뒤따라 들어간다. 신발을 다섯 켤레 정도 놓으면 꽉 차 버릴 현관, 바로 그 옆의 부엌에 류타 어머니가 서 있었다. 내 모습을 보더니 냄비 불을 끄고, 무릎을 꿇어앉으며 인사를 했다.

"아니, 무슨. 그러지 마세요. 생신 축하드립니다."

"어려운 부탁을 했는데 이렇듯 와 주셔서 정말 기뻐요. 집이 좁지만 어서 들어오세요."

식탁 위에는 벌써 음식 몇 가지가 놓여 있었다. 가자미조림, 해초샐러드, 닭고기채소조림, 곤약구이꼬치와 두부구이꼬치. 식탁 앞에 앉은 나에게 류타 어머니는 촉촉한 영양솥밥과, 방금 전에 불을 끈 냄비에서 호박, 당근, 우엉, 무가 가득 들어간 된장국을 내주었다.

"제 생일이라고 불렀는데, 너무 차린 게 없네요." 하고 류타 어머니가 말했다. 아마 진심으로 송구스러운 마음에 그랬을 테지만 내게는 이 모든 음식들이 애틋했다. 어머니가 살아 계셨을 때, 당신의 생일이면 늘 이런 저녁 식사를 맛볼 수 있었다. 정겨운 음식들을 차려 놓고, 어머니가 기름기 있는 음식을 잘 드시지 않는 까닭에 케이크가 없음을 잘 알면서도 어머니에게 "생일 축하해요."라고 말했었다.

생일 파티는 정말 근사했다. 담백하지만 모두 깊은 맛을 지닌 음식들이었다.

류타 어머니는 류타가 제대로 내 운동을 살펴 주는지 계속 걱정했다.

"제대로 하고 있어. 그렇죠, 사이토 씨?"

류타가 뾰로통한 얼굴로 나에게 동의를 구했다.

"네가 '제대로 하고 있는지' 묻기보다……. 내가 '제대로 하지 않는다'고 말하는 편이 맞겠지."

나는 낯빛까지 바꿔 가며 변명하려고 나서는 류타를 웃으면서 손으로 제지했다. 식단을 지키라고 끈질기게 야단맞으면서도 무엇 하나 나아지지 않는 내 쪽이 훨씬 문제라고 덧붙였다.

"지금도 그래요. 어머니의 요리가 너무 맛있어서 드리는 얘기지만, 지금 여기서 제일 많이 먹는 사람도 바로 저랍니다."

류타 어머니가 '정말이네……' 하고 말하다가 곧장 표정을 바꾸고 입을 다물었다. 그러자 1.5평 남짓 되는 부엌이 나와 류타의 커다란 웃음소리로 가득 찼다. 이에 류타 어머니도 얼굴을 들썩이며 계속 웃었다.

식사를 마치자, 류타 어머니는 작고 두꺼운 유리그릇에 푸딩을 담아서 내주었다.

"이것도 어머니가 손수 만드신 거예요?"

"네. 제과하기를 좋아해서, 옛날엔 케이크도 꽤 만들었어요. 지금은 푸딩 정도지만……."

좁은 부엌이라 굳이 둘러보지 않아도 무엇이 있고 없는

지 바로 알 수 있었다. 그렇다, 가스오븐레인지가 없었다. 나는 아무것도 모르는 척 이야기를 이어 갔다.

"손수 만든 푸딩이라니 정말 좋네요."

"그렇죠? 좀 궁색한 말이지만 사서 먹는 것보다 훨씬 싸잖아요?"

푸딩을 한 숟가락 떠먹으니 달걀 풍미가 완연하다. 그 점을 얘기하니 류타 어머니가 "알아주셔서 기쁘네요. 류타는 냉장고를 열고서 '어라, 푸딩이네.' 하고 만다니까요. 음미하는 법이 전혀 없어요."라며 명랑하게 말했다. 그러고는 전기밥솥 옆의 전기포트로 찻물을 끓여서 찻주전자에 부었다.

파티를 끝내고 돌아갈 때에는 류타가 역까지 바래다주겠다고 말했다. 현관에서 류타 어머니에게 감사 인사와 축하 말씀을 드리고, 류타와 함께 주차장 쪽으로 향했다.

"어머니, 요리 솜씨가 좋으시네."

"그렇지? 지금도 요리는 제법 좋아하시는 것 같아. 오늘 고마웠어. 엄마도 즐거워하시니 기쁘다."

차에 올라탄 뒤 류타가 시동을 걸자 나는 말했다.

"응. 저기 말이야, 노트북 배터리를 바꿔야 해서 그러는데, 전자 제품 매장에 데려다줄 수 있겠어?"

류타는 고개를 끄덕이더니 곧장 집 근처의 전자 상가로 차를 달렸다.

노트북 배터리는 바로 찾았다. 그리고 우리는 상가 내부를 계속 돌아다녔다. 액정 텔레비전, 자동차 내비게이션 코너를 적당히 둘러본 뒤에 부엌 가전 코너로 발걸음을 옮겼다. 새하얀 가스오븐레인지 하나에 '마지막 재고. 배송 불가로 인해 최저 가격.'이라는 문장이, 20만 원 조금 안 되는 가격과 함께 표시돼 있었다.

　"있잖아, 류타."

　"응?"

　"어머니 생일 선물, 정했어. 이걸로 하자." 하면서 나는 가스오븐레인지를 가리켰다. 예상대로 류타는 허둥거리며 필사적으로 그 제안을 거절했다. 나는 "이젠 아니, 안 돼, 그런 말 못 하게 할 거야."라고 단호하게 말한 뒤 한마디 덧붙였다.

　"내 생일이라면 모를까, 다른 사람의 생일에 후하게 대접받았으니 가만있을 수 없지. 그런 건 내 스타일이 아냐. 그리고 이건 어차피 20만 원도 안 하잖아. 류타가 그렇게까지 마다할 가격이 아니라고. 또 집에 레인지 정도는 있는 편이 어머니에게도 여러모로 좋잖아. 게다가 오븐도 달려 있다고. 케이크를 직접 구울 만큼 요리를 좋아하는 사람한테 오븐이 없다면 얼마나 슬프겠어. 예전에는 있었지?"

　"……응. 망가진 뒤로 다시 사지 않았어."

　"자, 그러면 이걸로 하자. 어머니에게도 말씀드려. 사이토가 '다음엔 케이크가 먹고 싶다.'라고 말했다고."

"응."

"이건 배송이 안 돼서 이 가격이래. 내가 운반할게, 좀 무겁지만."

"횡재했다, 고마워!"

게이오선 신주쿠역에 도착했을 무렵 류타에게서 문자가 왔다.

'엄마가 엄청 기뻐하셨어. 나도 진짜 기뻐. 최근 몇 년 동안 가장 즐거운 생일이었어. 고마워!'

그 뒤로 몇 달 동안 류타 어머니는 당근바나나파운드케이크, 부드러운 커스터드크림이 가득 든 슈크림빵, 솜사탕처럼 입에서 사르르 녹아 없어지는 시폰케이크 등을 류타 손에 들려 보냈다. 그래서 내 몸을 좀 더 날렵하게 다듬고 싶어 하는 류타와 케이크를 굽는 어머니는 늘 현관에서 작은 실랑이를 벌인다고 한다.

"당연한 말이지만, 난 어머니 편이니까." 하고 나는 웃으면서 케이크를 받았다. 그리고 먹고 난 뒤에는 꼭 감상을 적어서 류타에게 문자로 보냈다.

류타의 집에도 자주 초대받았다. 머리 달린 벤자리를 사들고 찾아가면, 류타가 근처 슈퍼에서 로즈마리나 월계수잎을 사 왔다. 이윽고 벤자리가 방울토마토, 새송이버섯과 함께 오븐 속에서 향긋하게 익어 간다. 닭고기에 술을 부어서 전자레인지로 찌기만 해도 어느새 닭고기냉채가 되어 있었다. 내 선물을 가지고 바로 눈앞에서 솜씨 좋게 요리해 주는 류타 어머니가 "이제 밥을 많이 지어도 조금씩 나눠서 냉동할 수 있게 되었다."라며 기쁜 듯 말씀했다. 가끔 류타가 젓가락을 손에 쥔 채로 꾸벅꾸벅 졸고 있으면 곧장 우스갯소리가 나왔다.

집으로 돌아오는 길에 버스나 전철 창문을 스쳐 지나가는 온갖 집들을 바라보며 셋이서 함께한 시간을 떠올린다. 사람 앞에서 휴대폰으로 사진을 찍는 취미도 없고 메모를 하거나 일기를 쓰는 습관도 없지만, 그 대신 나는 아까의 간소하고 풍요로운 대화를 마음속으로 몇 번이고 되돌려 감는다.

내 어머니와 무엇을 같이 먹었고, 또 그때 무슨 이야기를 나누었는지 내가 분명히 떠올릴 수 있는 장면은 열 손가락만큼도 안 된다. 이제 그런 비참한 옛일은 떠올리고 싶지 않다.

어머니 묘소에 갈 때면 가장 먼저 류타와 류타 어머니에 대해 말씀드리게 됐다.

"지금 내가 류타 어머니에게 하는 일은 원래 엄마한테 해야 했던 일들이야. 그보다 먼저 결혼 소식을 가져와야 했는데, 미안해."

친구는 내가 왜 어머니 묘소 앞에서 미안하다고 얘기하는지 도무지 이해할 수 없다고 말한 적이 있다. 하지만 아버지는 말씀했다, "어쩔 수 없잖아."라고. 아버지의 그 말은 아무래도 옳다. 이렇게 살아갈 수밖에 없다고, 어쩔 수 없다고 말이다.

8

벌써 일주일 동안 제임스 볼드윈의 소설책 『조반니의
방』*을 찾고 있는데 당최 나오지 않는다. 1950년대 파리를
배경으로 하는 동성애자들의 이야기. 나는 피곤할 때면 마치
마약에 물든 듯 나도 모르게 손을 뻗치게 된다, 자기 육욕을
도도하게 이론으로 침묵시키는 주인공의 쓸쓸한 나르시시즘
에 말이다. 삼십 대 중반이 돼서도 이 소설을 변함없이 좋아
하는 것이 과연 좋은 일인지 나쁜 일인지 모르겠다. 누군가에

* [편집자 주] 1956, 미국의 소설가 제임스 볼드윈이 발표한 장편 소설.
프랑스 파리에 거주하는 미국인 남성 데이비드와 파리 게이바에서 바
텐더로 근무하는 이탈리아 출신 조반니의 위태로운 관계와 욕망, 치명
적인 파국을 보여 주는 작품.

에고이스트

게 빌려줬나? 그마저도 생각나지 않아서 결국 새 책을 사기로 했다.

2007년 초봄, 류타 어머니의 몸 상태가 썩 좋지 않아서 입원 수술을 하셨다. 이미 퇴원하기는 했지만 그즈음부터 류타가 약속 날에도 집을 지켜야 할 때가 많아졌다. 약속을 한두 시간 앞두고 "미안. 오늘 왠지 피곤해서. 일어나도 도무지 몸을 가눌 수가 없네." 하면서 전화가 걸려 오곤 했다. 사귄지 삼 년째가 되니 목소리에 거짓이 섞여 있지 않음을 금방 알아차릴 수 있다. "몸조리 잘하고. 편히 쉬어."라고 대답하면서 전화를 끊는다. 붕 뜬 시간에 혼자 헬스장에 가는 취미도 여태 없는 나였기에 자연스레 독서만 늘어 간다. 『조반니의 방』을 떠올린 때도 마침 류타에게서 전화가 걸려 온 직후였다.

"무리하지 마."라고 한마디 말조차 전해 주지 못한다. 그를 무리하게 한 원인 중 하나가 내게 있으니까.

몸을 파는 일은 보통 오후 4시 무렵에 시작해서 막차 때까지 하는 편이라고, 류타에게서 들은 적 있다. 비교 자체가 무의미하지만 여름이든 겨울이든 바깥에서 몸을 혹사해야 하는 지금의 일과 예전의 그 일 중 어느 쪽이 더 힘들까, 하고 생각해 본다. 입원비와 수술비가 얼마인지, 류타는 완고하게 입을 열지 않았다. 내게서 돈을 받을 때 아직도 어색함을 떨쳐

내지 못한 류타가 가벼이 말해 줄 수 있는 수준의 금액이라면 나 또한 얼마나 편할까.

2007년의 여름은 더웠다. 여름휴가가 시작되기 얼마 전에 에어컨이 고장 났는데 수리 기사를 부르는 번거로움에 비하면 밖에 나와 있는 편이 나았다. 독서를 하겠다면 근처의 데니스 패밀리 레스토랑에 가면 된다. 아침에 일어난 순간부터 열기가 사정없이 달라붙는다. 집을 나서자 강한 햇볕과, 사방에 자리한 실외기가 토해 내는 열풍 탓에 순간 쓰러질 것 같았다. 열탕 같은 더위 속에서 떠오른 사람은 류타였다. 그 목소리가 암시하는 피곤한 몸 상태로 류타는 일하러 다니겠지.

에어컨이 시원스레 돌아가는 데니스에 들어가서 무제한 드링크 코스를 주문한 뒤에 창밖을 내다본다. '류타 주변만이라도 시원하면 좋을 텐데.'

그런 생각이 들기 시작하면 항상 책을 덮게 된다. 김과 열기로 온통 뿌예진 사우나 속 같은 창문으로 내다보는 바깥 풍경은 흐릿하다. 이제 곧 저녁인데, 오늘은 특히 더운 날인가 보다. 먼저 읽고 있던 책을 테이블 위에 내려놓고 가방에서 『조반니의 방』을 꺼낸다. 적당히 아무 페이지나 펼쳐 보니, 주인공의 애인 조반니가 살인을 저질러서 주인공이 절망한 채 그의 사형 집행을 기다리는 장면이 나왔다. 왠지 그대

에고이스트

로 계속 읽을 기분이 아니라서 다시 가방 속에 집어넣고 담배에 불을 붙였다.

지쳐 늘어지기만 하던 여름이 끝나고, 드디어 에어컨 없이도 모든 일을 할 수 있는 10월이 찾아왔다. 퇴근하고 귀가하는데 류타에게서 전화가 왔다. 류타는 요즘 자기가 피곤한 탓에 좀체 만나지 못했다며 연신 미안해했다.

"류타도 걱정이지만 어머니는 좀 어떠셔? 퇴원하신 뒤로 뵙지 못해서 왠지 걱정이 되네."

"응. 9월 중순까지는 더위에 지친 상태로 시간을 보냈는데, 지금은 괜찮아. 수술이 잘되어서 연초에 비하면 정말 많이 좋아진 것 같아."

"그래? 정말 잘됐네."

"있잖아, 다음 약속은 언제로 할까. 다음 주 일요일에 나 괜찮아."

"나도 좋아. 어디서 볼까? 내가 그쪽으로 가는 게 좋아?"

"그래 주면 편하지."

"자, 그럼 11시에."

"응…… 저기, 고스케 씨. 나 좋아해?"

"많이 좋아해."

"호호. 나도 그래!"

"아, 그렇게나 잘생겼으니 자신도 자기가 좋을 테지."

"……그렇게 말꼬리만 잡지 않으면 더 좋아할 텐데."

"하하. 잘 자. 오늘은 이제 일하러 가는 거야?"

"오늘은 일 없어. 잠자려고 해."

"편히 자."

"응. 잘 자."

그것이 마지막이었다. 늘 통화하던 그대로였다. 신경 쓰이는 부분은 조금도 없었다.

다음 날 화요일, 회사 업무를 대략 일단락 짓고 근처 중국 음식점에서 동료와 함께 식사할 때였다. 가방 속 휴대폰을 보니 낯선 번호와 류타의 번호로 각각 몇 차례나 전화가 와 있었다. 진동으로 해 놓아서 몰랐나 보다. 전혀 모르는 번호로 음성 메시지 하나가 남아 있어서 들어 보니 "전화해 주세요." 하고 류타 어머니의 목소리가 들려왔다. 주위에 양해를 구하고, 음식점 밖으로 나가서 전화를 다시 건다. 잠시 신호음이 울린 끝에, 류타 어머니가 전화를 받았다.

"아, 어머니. 오랜만이에요. 송구스럽습니다, 먼저 전화 주시다니."

"아니에요, 미안해요. 몇 번이나 자꾸 걸어서……."

여태껏 들어 본 적 없는 아주 지친 목소리였다. 몸 상태

에고이스트

가 좋지 않으신 걸까?

"그런데 무슨 일이세요?"

"저기…… 저기…….."

그렇게 몇 차례 머뭇거리더니 천천히 말씀했다.

"류타, 죽었어요."

그 말을 들은 뒤로는 희미하고 단편적인 기억밖에 떠오르지 않는다. 연거푸 "뭐라고요?"라고 말했던 것 같다. 류타 어머니에게 "왜!"라고 소리를 질렀던 것 같기도 하다. 류타 어머니는 "아침에 계속 일어나지 않아서 깨우러 갔더니 이불 속에서 그만……."이라고 말씀했던 것 같다. 그러고는 장례식장 주소를 말해 줄 테니 받아 적으라고 했다. 다만 주소를 듣던 도중에 "기다리세요! 적을 수가 없어요! 못 하겠어요! 못 하겠어요!" 하고 울부짖으며 "내일 전화할게요. 전화할게요." 라고 말한 뒤 전화를 끊었던 일만이 또렷이 생각난다. 그때 나는 무엇을 저지하고 싶었던 것일까.

자리에 돌아와서 지인이 죽었다는 소식만을 전하고 동료에게 양해를 구한 뒤 가방을 들고 비틀비틀 밖으로 나섰다. 회사에 복귀하니 직속 상사가 아직 일하고 있었다. "가족같이 가까운 사람이 죽었습니다. 금요일까지 유급 휴가를 쓰겠습니다." 하고 청했다.

폐 끼쳐서 죄송하다고 인사한 뒤에 엘리베이터를 타려는

데, 순간 바닥과 엘리베이터의 조그만 틈새에 발끝이 걸려서 몸을 가눌 새도 없이, 엘리베이터 안쪽 벽에 머리를 세게 부딪치고 말았다. 움직이기 시작한 엘리베이터 안에서 느릿느릿 일어났다. 그러고는 회사 건물을 벗어나 택시를 잡아타고 집으로 향했다.

밤길을 달리는 택시 속에 앉아 있으니, 가로등과 주변을 지나쳐 가는 다른 차량의 헤드라이트밖에 보이지 않았다. 창문에 비친 내 얼굴 대신에 최근에 본 류타의 얼굴을 떠올려 보았다. 결코 지워지지 않을 듯 깊게 내려앉은 눈 주변의 다크서클. 내 방에 들어온 지 고작 십 분 만에 곯아떨어지던 모습. 차에서 내릴 때 기지개를 펴면서 옆을 향해 미묘하게 일그러지던 그 표정. 나는 전부 봤다. 그리고 전부 외면했다.

택시가 집 앞에 도착했다. 아직 어둑한 차 안에서 지갑을 꺼내려고 가방 속에 손을 밀어 넣으니 책 한 권이 손끝에 닿았다. 지난여름부터 그저 넣어 두었던 『조반니의 방』이었다. 일부 대사는 완벽히 외울 정도로 몇 번이고 다시 읽었던 책. 패밀리 레스토랑에서 우연히 펼쳐 읽었던 부분이 되살아났다. 그 장면 뒤로 이어지는 주인공의 대사가 캄캄한 머릿속에 번쩍 떠올랐다.

'저 남자를 단두대의 칼날 그늘에 집어넣은 사람이 바로 나라

는 생각 때문에 견딜 수가 없다.'

운전기사에게 돈을 지불하고 겨우 바깥으로 나와 섰다. 바로 근처의 전봇대에 몸을 기댄다. 무슨 말이든 외치고 싶다, 외치고 싶다! 그렇게 느끼며 입을 연 순간 쏟아져 나온 것은 외침이 아니라 구토였다.

머리를 전봇대에 대고 누르지 않고서는 좀처럼 서 있을 수 없었다. 구토를 하는 내내 수차례 숨이 막혔고, 마치 바싹 쥐어짜듯 눈물이 고였다. 토사물이 모조리 나온 뒤에도 몸속에서 뭔가가 치밀었다. 그런데 계속 입을 벌려도 속에서는 아무것도 나오지 않았다. 외침도, 울음소리도 나오지 않았다.

'저 남자를 단두대의 칼날 그늘에 집어넣은 사람이 바로 나라는 생각 때문에 견딜 수가 없다.'

류타에게 그 일을 그만두라고 말하지 말았어야 했다. 내가 내 어머니에게 아무것도 못 해 드렸다고 해서 이미 자기 어머니에게 충실한 류타의 세계로 비집고 들어가서는 안 됐다. 내가 류타에게 매달리지 않았더라면 그는 이제껏 편히 돈을 벌었겠지. 오늘도 일하는 날이었을 테고, 지금쯤 손님을 접대하고 있었을 테지. 그 일을 자랑스러워하는지, 아니면 넌

더리를 내거나 눈 딱 감고 겨우 하는지…… 어떤 생각으로 일하는지 따윈 상관없다. 적어도 살아 있었으니까! 그래, 어머니를 위해 살아 있었다!

아무리 기다려도 내 입속에서는 더 이상 아무것도 나오지 않았다. 눈물도 말라 버렸다. 나는 전봇대에서 몸을 떼고, 길게 늘어선 주택들의 벽에 의지한 채 간신히 집까지 걸어왔다. 그러고는 열쇠로 문을 열고 들어가서 신발도 벗지 않고, 불도 켜지 않고, 현관 디딤판이 설치된 벽에 등을 기대고 주저앉았다.

얼마 동안 멍하니 있었을까. 가방 속 휴대폰의 진동에 퍼뜩 정신이 들었다. 대학생 시절부터 알고 지내 온 남자 친구였다. 토요일에 만나기로 했던 약속을 떠올리며 전화를 받으니, 그가 갑자기 일이 생겨서 일정을 뒤로 미루었으면 한다고 얘기했다. 이 상태로는 누군가를 만날 수 없었으므로 "알았다."라고 힘주어 승낙했다. 그 대답을 듣자마자 친구가 물었다.

"왜 그래? 무슨 일 있어?"

잠시 말문이 막힌 내게 친구는 거듭 질문을 한다. 나는 가까스로 대꾸했다.

"아까 류타 어머니께 전화가 왔었어. 그 아이가 죽었대."

전화기 건너편에서 외마디 비명이 들려왔다. 친구는 반

사적으로 "어떻게?"라고 물었다.

"오늘 류타 어머니께서 그 아이를 이불 속에서 발견하셨대."

친구의 "그러니까 어떻게…….."라는 반응은 더 이상 묻는 말이 아니었다. 거기에 답하지 않아도 된다는 데에 나는 슬며시 감사했다.

친구는 질문을 바꿨다.

"지금 어디야?"

"집."

"혼자야?"

"응."

"내가 거기로 갈까?"

"괜찮아. 혼자서 어떻게든 할 수 있어. 어떻게든 해야 하고."

나는 그렇게 대답한 뒤에 전화를 끊었다.

친구와 통화하고 나서야 아무것도 나오지 않을 것 같았던 텅 빈 입에서 그나마 말이 나왔다. 말이 나올 때마다 조금씩 몸을 움직여 본다. 그러고 있음에 아주 조금 안도했다. 류타를 아는 내 친구들에게 전화를 거니 "혼자서 괜찮아?" 하고 묻는다. 그러면 난 "괜찮아." 하고 말을 뱉는다. 말 한 마디를 끄집어낼 때마다 신발을 벗고, 자리에서 일어나고, 방에 들어

가서 불을 밝히고, 재킷을 벗고, 마침내 침대 위로 쓰러졌다.

문득 "이달에도 류타랑 함께 넷이서 만나자." 하고 약속했던 친구 부부가 떠올랐다. 그 친구의 집으로 전화를 하니 남편이 받는다. 나는 늦은 시각에 전화해서 죄송하다고 말했다.

"저기…… 그 아이, 류타 있잖아?"

"응. 곧 같이 만나기로 했잖아. 이제 슬슬 날짜를 확실히 잡아야겠다."

"미안, 고지. 그 아이랑 이제 못 만나게 됐어."

"응? 혹시…… 헤어졌어?"

"……그렇게 됐네…… 아까 류타 어머니께 연락이 왔는데 류타, 죽었대."

고지는 "아!" 하고 외마디를 토하면서 말을 잃었다. 나는 잠시 뒤에 이어질 '어떻게?'라는 질문에 대답할 준비를 했다. 하지만 고지는 그런 질문 따윈 건너뛰고 이렇게 물었다.

"고스케, 지금 집이야?"

"……응."

"지금 어디 가고 있어? 아니면 누가 집에 오기로 했니?"

"아니."

"그럼 지금 이쪽으로 와."

이번에는 나의 말이 끊길 차례였다. 내가 한동안 아무 말

에고이스트

도 없자 애가 탔는지 고지가 한 번 더 큰 소리로 말했다.

"지금 바로 우리 집으로 오라고."

나는 이윽고 대답한다.

"아니야. 너도 일이 있을 텐데."

"지금 그런 말을 할 때야?"

바로 더 격하게 성내는 목소리가 귓전에 울렸다.

"혹시 날 배려한답시고 이러고 있다면 큰 착각이야. 장례식은 언제야?"

"모레라고 하신 것 같아……."

"지금 바로 와, 알았지? 난 직장이 집 근처고, 지아키는 계속 곁에 있어 줄 수 있으니까. 알겠어? 어서 택시 타고 이리 오라고." 고지가 말했다.

친구의 위세에 눌린 까닭일까, 아니면 방금 전까지 다른 친구들에게 "혼자서도 괜찮아."라고 말했던 것이 강한 척이었는지도 모른다. 다만 토했을 때 흐르던 눈물이 고지의 말을 듣는 순간 다시 고였다는 점만이 기억난다. 나는 쥐어짜듯 말했다.

"응…… 갈게……." 그러자 고지는 곧장 "집은 그냥 문만 잠그고 와. 지갑은 없어도 되니까 휴대폰만 잘 챙겨 와. 우리 집에 택시로 와 본 적 없지? 택시 타면 바로 운전기사한테 휴대폰을 건네줘. 오는 길은 내가 설명할 테니까, 알겠지? 지금 바로 타야 해." 하고 말하더니 전화를 끊었다. 나는 휴대폰을 손에 꽉 쥔 채로 거의 기다시피 침대에서 내려왔다. 그러고는 역시 휴대폰을 꽉 쥔 상태로 겉옷을 입고, 문을 잠근 뒤집을 나섰다.

택시를 잡아타고 기계적으로 고지에게 전화를 건 다음, 휴대폰을 운전기사에게 건네줬다. 통화를 마친 운전기사는 "휴대폰 돌려드릴게요. 감사합니다."라고 예의 말을 건넨 뒤아무 말 없이 차를 달렸다. 원래 과묵한 운전기사인 걸까, 혹시 술에 취하지도 않았는데 목적지조차 설명하지 못할 만큼실성한 손님을 예전에 태워 본 적이 있는 걸까, 아니면 고지가 지금 전화하면서 뭔가 일러 준 걸까.

어느 쪽이든 나로서는 굉장히 고마웠다.

한 시간 정도 달렸을까, 차가 멈췄다. 택시 옆에는 이미고지와 지아키가 서 있었다. 지아키가 조수석 문을 통해 운전기사에게 차비를 지불했고, 고지가 나를 안다시피 끌어 내렸다.

"괴롭지. 힘들지. 얼마 동안 내가 함께 있어 줄 테니까, 괜찮을 테니까."

내 어깨를 껴안은 채 고지가 귓전에 대고 크게 말했다. 그 말을 듣자 나는 왠지 다리 힘이 풀려서 그 자리에 주저앉을 것만 같았다. 고지가 나의 양쪽 어깨 밑으로 손을 밀어 넣

에고이스트

은 뒤, 다시 일으켜 세우며 같은 말을 반복했다. 그렇게 두 사람의 얼굴을 보고 나서야 나는 류타의 소식을 접한 뒤 처음으로 목 놓아 울었다. 울고 있으니 온통 무너지듯이 눈물이 흘러나왔다. 친구 집에 들어가서도 나는 한동안 겁에 질린 어린 짐승처럼 두 사람 앞에서 계속 울었다.

9

잠들지 못한 채 밤을 지새웠다. 그다음 날 점심이 지난 뒤에야 류타 어머니에게 전화를 했다. 전화 저편의 류타 어머니는 "사이토 씨의 목소리를 들으면 눈물이 나와."라고 말씀하며 다음 날의 경야와 그다음 날 있을 장례식 일정, 장례식장의 이름과 장소, 전화번호를 알려 주었다. 전화를 끊은 뒤나는 한참 휴대폰을 손에 쥔 채로 계속 울었다. 지아키가 곁을 지키며 어깨를 어루만져 주었다.

솔직히 되도록이면 경야건 장례식이건 가고 싶지 않았다. "류타하고 나는 똑같구나." 하고 류타에게 말한 적이 있다. 그러나 류타는 내가 아니었다. 애인이었지만 타인이었다. 나는 멋대로 타인의 어머니에게 그가 헌신하도록 강요했고,

에고이스트

타인의 생활을 멋대로 짓밟았으며 타인의 잠조차 멋대로 앗아 갔다. 결국 내가 한 일이란 병든 어머니를 남기고 죽은 스물일곱 살의 남자와, 어머니를 지극히 사랑하던 자식을 앞세운 위독한 여성을 만들어 낸 것뿐이었다.

미안하다고 말하고 싶다……. 하지만 어떻게?

류타 어머니는 아마 내가 자기 아들의 애인이리라고 생각조차 못 했으리라. 단지 일로 만난 사람처럼 가장하고 아들 뒤에서 애인 행세를 하며 자신들의 삶을 파괴해 버렸으리라고는 감히 상상도 못 할 터다.

류타 어머니 외의 다른 유족들도 앉아 있을 자리를 향해 한 남자가 예법을 무시하면서까지 불쑥 무릎을 꿇고 엎드린다면, 아마 유족들은 그 자세가 무엇을 의미하는지 전혀 몰라서 당황할 것이다. 이 자세의 의미를 설명하려면 류타가 동성애자임을, 게다가 몸을 팔다가 그 애인을 만나게 되었음을, 이 두 가지 비밀을 폭로해야 하리라. 무슨 짓을 하든 나의 속죄는 장례식을 망칠 테고, 류타 어머니와 유족들에게 더 큰 상처를 남기게 될 것이다.

지아키 아니면 고지가 늘 옆에 있어 주는 동안 나는 카우치에 앉아서 같은 자리를 맴도는 생각에 사로잡힌 채 울거나 떨거나, 초점 없는 눈으로 어딘가를 멍하니 쳐다볼 뿐이었다. 내가 해야 할 일은 단 하나밖에 없음을 알고 있었다. 자기

만족일 따름인 사과 따윈 집어치우고, 유족들에게 폐 끼치지 않도록 조심하면서 향을 올린 뒤 얼추 마무리되면 당장 택시를 타고 떠나는 것 말이다. 내일 몇 시간 사이에 단지 그러기만 하면 된다. 내 자신을 탓하고 싶다면 내일 장례식을 다녀온 뒤에 자책해도 충분하다. 아는 것을 행동으로 옮기기란 얼마나 쉽던가, 나는 지금까지 그렇게 생각해 왔다. 그러나 이번에는 밤을 꼬박 새운 뒤에야 겨우 결심이 섰다.

경야 때 고지와 지아키에게 고마움을 전하고 집을 나섰다. 두 사람은 역까지 함께 걸어 주었다. 개찰구에서 헤어진 뒤 전차에 오른다. 그러고는 집으로 돌아가서 검은 정장을 차려입는다. 셔츠를 어떻게 입더라? 넥타이를 매는 방법도 기억나지 않아서 몇 번이나 실패하고 망연자실한다. 충분히 여유를 가지고 고지의 집을 나섰는데도 기타노역에 도착했을 때이미 경야 시간이었다. 역 앞에서 택시를 잡아타고 운전기사에게 장례식장의 이름과 주소가 적힌 메모를 내밀자, 운전기사는 짧게 대답하고는 바로 차를 달렸다.

장례식장에 도착해 보니 모든 것이 거짓말이었다, 그런 기대를 슬며시, 하지만 끝끝내 품고 있었다. "여깁니다." 하고 운전기사가 차를 세운다. 장례식장 입구에는 류타의 이름이 적힌 간판이 서 있었다. 나는 그것을 맞닥뜨리자마자 인도 화단에 풀썩 주저앉았다. 입구에서 안내를 돕던 사람이 "괜찮

에고이스트

으세요?" 하며 급히 달려왔다.

"괜찮아요. 미안합니다."

나는 천천히 일어났다. 그렇다, 괜찮아야만 한다. 이 장소에서는 그저 고인의 업무상 지인으로 행동하겠노라 결심하지 않았던가. 이 장소에서 슬퍼할 권리는 내게 없지 않은가.

문을 열고 장례식장 안으로 들어간다. 접수대에서 조의금을 건네고 명부에 이름을 적는데 자꾸 손이 떨려서 결국 글자가 흐트러지고 만다. 경상 쪽으로 얼굴을 돌리니 작은 빈소에 스무 명 정도의 사람들이 앉아 있다. 그 밖의 사람들은 이미 피어오르기 시작한 향을 앞두고 줄을 섰다. 빈소 안쪽, 유족 자리를 향해 고개를 숙이고, 향을 올리고, 류타의 영정을 보고, 두 손을 합장한 뒤에 정해진 방향을 따라 방을 나온다. 단지 그것뿐인데도 다리가 굳어서 당최 움직일 수가 없었다. 그런 와중에 접수대 사람이 하도 재촉해서 겨우 줄을 서니 내 뒤에는 아무도 없었다.

앞으로 나아갈 때마다 제단 위에 장식된 영정, 재킷 차림을 하고 해맑게 웃는 류타의 얼굴이 힐긋힐긋 시야로 날아들어서 나는 앞사람의 발꿈치만 내려다봤다. 사진 속 재킷이 예전에 내가 조금 무리해서 류타에게 생일 선물로 사 준 옷임을 알아차렸을 때 내리깐 눈에서 눈물이, 마치 고장 난 수도꼭지처럼 하염없이 흘러 떨어졌다. 주머니에서 손수건을 꺼내 얼굴을 감싼다. 나의 목소리는 눈꺼풀 속 깜깜한 세계에서 하나의 문장이 되어 떠올랐다.

'미안해.'

내 어머니의 불단이나 묘소 앞에서 내가 손을 모으고 되풀이하던 말이, 의자로 문을 때려 부수는 듯한 굉음을 내며 머릿속에서 울려 퍼진다. 어째서 나는 먼저 죽은 사람에게 미안하다고 말해야 하는 삶을 살고 있을까. 왜 류타와 류타 어머니에게 이런 마음만을 안겨 줬을까.

내가 향을 올릴 차례가 되었다. 제단 옆의 유족 자리에 손수건으로 입을 막은 류타 어머니가 있었다. 나는 도무지 류타 어머니를 똑바로 쳐다볼 수가 없어서 눈을 돌린 채 인사했다.

이것이 마지막이다. 마지막이므로 '단지 일 때문에 만난 상대'로서 바르게 처신하고 마무리 지어야 한다. 눈물을 거둘 수 없을지라도 그 정도는 해내야 한다.

향로 앞에 서서 제단을 향해 인사한다. 손가락 끝이 떨려서 좀체 향을 집지 못한다. 겨우 하나 집어서 향 끝의 불꽃을 흔든 뒤 두 손을 모았다.

'미안해.'라는 말밖에 나오지 않는다. 하지만 그 말을 내

뱉을 순 없다. 아무것도 모르는 류타 어머니와 유족들에게 폐를 끼치면 안 되니까. 나는 피가 나올 정도로 입술을 꽉 깨물고 유족 자리로 몸을 향했다. 그러고는 인사를 나눈 뒤 발길을 돌려서 바깥으로 나왔다. 의자가 놓이지 않은 벽을 돌아서 직진하면 곧장 홀 밖으로 나갈 수 있다. 그 점을 알면서도 다리가 후들거려서 앞으로 나아가지 못한다. 바닥이 빙빙 돈다.

나는 그 자리에서 무너지듯 무릎부터 쓰러졌다. 일어서려고 아무리 애를 써도 팔과 다리에 힘이 들어가지 않고, 눈물만을 짜낼 뿐이었다. 그러면 안 된다는 사실을 알면서도 나는 양손으로 얼굴을 감싸 쥐고 목 놓아 울었다. 류타와, 류타 어머니와, 류타의 모든 유족들에게 마음속으로 미안하다고 외치며 목 놓아 울었다.

갑자기 누군가가 나를 등 뒤에서 안았다. 작은 손, 약하디약한 힘. 뒤돌아보니 바로 거기에 눈물투성이가 된 류타 어머니가 있었다. 나는 다시 얼굴을 앞으로 돌리고 고개를 숙였다. 류타 어머니의 얼굴을 마주 볼 자격조차 내게는 없다고 생각했다. 당장 일어나서 걸어 나가야 한다. 그 점을 알면서도 나는 류타 어머니의 손을 꼭 잡으며 스스로의 결심을 어겼다.

"미안해요, 미안해요, 미안해요."

여태 다물고 있던 입이 열리자 마치 모기 울음소리 같은 작은 목소리로 똑같은 말이 흘러나온다. 병이 거꾸러져 쏟아진 물은 그저 병을 돌린다고 다시 담을 수 없다. 이 말을 주워 담을 수 없음에도 멈출 수가 없다.

"왜 사과하니? 왜 네가 사과를 하는 거야?"

류타 어머니가 내 어깨를 어루만지며 귓가에 속삭였다. 그 물음에 답할 말이 내게 있을 리 없었다. '무엇부터 설명해야 좋을까?'가 아니라, 류타와 나 사이에는 아예 설명하면 안 되는 일밖에 없었으니까. 나는 그저 눈물과 콧물을 흘리며 "미안해요, 미안해요."라고 되풀이할 따름이었다.

"사과하지 마, 부탁이야. 사과하지 마. 왜냐하면 나 알고 있어. 네가 류타를 사랑했음을, 나 알고 있으니까."

환청인가 싶을 만큼 희미한 목소리였다. 나는 놀라서 얼굴을 든다. 다시 뒤돌아보니 류타 어머니가 울면서 연신 고개를 끄덕이고 있었다.

"있잖아, 나 알고 있어. 그러니까 네가 사과하면 류타가 무척 슬퍼할 거야."

주변 아무에게도 들리지 않는 작은 목소리로, 류타 어머니는 내게 말을 붙였다.

어머니가 돌아가신 뒤 등교한 교실에서 나는 아득한 행복을 마냥 바라기보다 이룰 수 있는 행복을 붙잡기 위해 앞으로 나아가자고 결심했었다. 계속 그렇게 생각하며 살아왔다.

그동안 내가 얻은 것들은 분명 내게 모두 소중했다. 그럼에도 불구하고 어머니 묘소와 불단 앞에 서면 늘 죄송하다는 말부터 나왔다. 류타와 사귀는 나를 어머니가 결코 진심으로 기뻐하지 않으리라고 생각했다. 저세상이 있다고는 믿지 않는다. 내 목소리가 어머니에게 닿지 않음 역시 알고 있다. 그런데도 나는 어머니에게 죄송하다는 말 말고는 달리 도리에 맞는 말을 떠올릴 수 없었다.

'어머니'에게 이런 말을 듣는 날이 오리라고는 상상도 못 했다. 상상조차 하면 안 된다고 생각했으니까.

류타 어머니에게 대답하고자 입을 열었으나 말이 나오지 않았다. 나는 그저 바보처럼 입을 벌린 채 연거푸 고개를 옆으로 저으면서 계속 울었다. 애인을 떠나보내는 자리에서 오로지 애인을 애도하지 않고 다른 감정에 휩싸여 눈물을 쏟아내는 나는 분명 어리석고 불성실한 인간이다. 그래도 눈물이 멈추지 않는다. 나의 도려진 부분을 채워 준 것은 꿈꾸는 것조차 죄라고 생각했던 일이었으니까.

우리 두 사람이 서로를 떠받치듯 일어났을 때 류타 어머니가 눈물투성이 얼굴로 속삭였다.

"아직 돌아가지 마. 이야기하고 싶은 게 많으니까, 알았지? 내 부탁이니 아직 돌아가지 마."

나는 고개를 끄덕이고는, 후들거리는 다리를 힘겹게 내딛으며 빈소를 나왔다.

눈물이 말라붙었을 즈음 경야도 절반을 지나고 있었다. 안내받아서 들어간 작은 방의 경야 식사 자리, 그 끄트머리 구석에서 힘없이 차를 마시고 있으니 류타 어머니가 들어왔다. 어머니는 이곳저곳 돌아다니며 조문객들한테 인사를 했다. 류타 어머니는 내게도 인사를 한 뒤, 방을 나가면서 내게 눈짓을 했다. 나는 주위 사람들이 눈치채지 못하도록 천천히 일어나서 방을 나왔다. 잠시 그 뒤를 따르자니 장례식장 밖이었다. 가을 밤바람이 울다가 지친 내 몸에 스며들었다.

"오늘 와 줘서 고마워."

주변에 아무도 없음을 확인한 뒤, 류타 어머니는 보통 때의 목소리를 되찾았다. "아녜요……." 하고 나는 말끝을 흐리며 가볍게 답례를 했다. 그러고는 향을 올릴 때부터 줄곧 묻고 싶었던 것을 물었다.

"저기…… 어머니는 언제부터……."

류타 어머니는 가벼운 미소를 짓는 듯 보였다.

"나랑 처음 만났을 때 기억나니? 신주쿠역에서……."

"예……. 제가 야마노테선을 타려고 계단을 올라가는데, 어머니가 개찰구에서 계속 눈으로 배웅해 주셨죠……."

에고이스트

"맞아, 맞아. 그런데 그때 잠자코 배웅하던 사람은 내가 아니야, 류타였지. 그때 왠지……."

"그랬군요……."

"너를 만나기 전까지 류타는 어딘지 모르게 수심 가득한 얼굴로 일하러 갈 때가 많았어. 너를 알게 되면서부터였지, 류타가 밝은 얼굴로 집을 나서게 된 건 말이야. 네가 선물해 준 생선을 기뻐하며 가져왔어. 그렇게 기뻐하는 얼굴은, 그래, 그 아이가 고등학교를 그만둔 뒤로 단 한 번도 본 적이 없었어. 그래서 여섯 달 전쯤에 물었지. '그 사람이지? 네 소중한 사람.'이라고."

"류타는 뭐라고……."

"아주 놀랐어. 잠시 대답을 못 했거든. 그래서 내가 말했어. '상대가 남자든 여자든 상관없잖아. 정말 소중한 사람이 생겼다는 게 가장 중요하지 않겠니.' 하고 말이야."

"그런데 어머니는…… 괜찮으셨어요?"

"……솔직히 말하면 처음에는…… 뭐라고 말해야 좋을까. 류타에게 물어보기 전까지 두 달 정도 고민했어. 하지만 내 아이가 행복하다면 역시 지지할 수밖에. 아주 많이 생각했지만 결국 내 바람은 류타의 행복뿐이었어……. 내가 그렇게 말했더니 류타는 고개를 끄덕였지. 그런데 참 이상하지? 류타도 너와 똑같았어. 울면서 몇 번이고 '미안해요.'라고 말하며 고개를 끄덕이더라. 자기 아이가 그렇게까지 미안하다고 하면 엄마로서는 괴로울 뿐인데."

그 이야기가 미처 끝나기도 전에 눈물이 흘러나왔다. 나는 양손으로 얼굴을 감싸고 숨죽여 울었다. 류타 어머니가 손으로 내 어깨와 등을 따뜻하게 어루만질 때마다 눈물은 더욱 쏟아져 나왔다.

내 등을 쓰다듬으며 류타 어머니가 말씀했다.

"그 아이도 고민이 많았을 거라 생각해. 그런 일이 있고 얼마 지나지 않아서 류타가 불쑥 말했어. '고스케 씨가 나를 구원했어.'라고. '엄마, 내 삶에 지옥만 있지 않았어.'라고 말이지. 정말 고마워, 고마워."

나는 두 손에 파묻은 얼굴을 좌우로 흔들며 쥐어짜듯이 "나는 아무것도 한 게 없어요. 아무것도 못 했다고요."라고 말할 수밖에 없었다.

삼 년 전, '나라면 류타를 구원할 수 있을지도 몰라.'라는 오만하기 짝이 없는 생각을 가지고 그를 찾아갔었다. 그런데 지금 구원받은 사람은 바로 나다. 류타와 그의 어머니에게서 구원받은 사람은 오히려 내 쪽이다.

'이 경야가 끝나면 모두 마무리 짓자.'라고 결심했던 일을 나는 잊어버렸다. 류타 어머니의 손을 잡고 나는 "어머니, 집에 또 신세 지러 가도 돼요?" 하고 물었다. 류타 어머니는

에고이스트

눈물로 얼룩진 웃는 얼굴로 "물론이지. 이제 너 말고 류타 얘기를 함께 나눌 수 있는 사람이 없잖아."라고 말씀하며 내 손을 더욱 꼭 잡았다. 나는 그대로 깊이깊이 고개를 숙였다.

바람이 눈물을 거두어 갈 때마다 밤의 냉기가 조용히 다가온다. 류타 어머니의 작고 여윈 주름투성이 손은 이미 내 손보다 훨씬 차가워져 있었다. 나는 그 손을 내 손으로 감싸듯 어루만졌다. 온기가 돌아왔고, 오늘 처음으로 서로 웃으며 마주 본 뒤에 나는 택시에 올라탔다. 차가 달리고 잠시 후 뒤돌아보니, 류타 어머니는 같은 장소에 서서 이쪽을 바라보고 있었다.

10

푸아그라는 거위에게 억지로 옥수수를 잔뜩 먹여서 간에 기름이 가득 쌓이도록 만든 것이다. 이 정도 내용은 여느 사람들도 알고 있으리라. 그런데 푸아그라를 더 풍미 있게 하려면 거위의 목을 억지로 열어서 강제로 먹여야 하고, 그러는 동안 거위의 목을 부드럽게 만져 주거나 계속 말을 걸어 줘야 한다고 한다. 이 이야기를 몇 년 전에 듣고서 놀랐다. 애정이 있느냐 없느냐는 중요한 문제가 아니다.

류타의 부고를 전해 듣고 경야 직전까지, 내가 식사할 때면 언제나 고지와 지아키가 곁을 지켜 주었다. 두 사람이 접시에 두세 입 분량의 음식을 담아 주면, 나는 십 분 내내 입에 집어넣으며 배를 채웠다. 내가 다 먹은 모습을 확인하면 두 사람은 또다시 빈 접시에 동일한 분량의 음식을 가져다 주었다. 완코 이탈리아 요리, 완코 전골, 완코 카나페*…… 전부 그때 처음 경험한 식사 방법이었는데, 두 사람에게 "나로 푸아그라를 만들 작정이야?"라고 말하며 쓰게 웃었다. 그때 류타의 죽음을 알게 된 뒤로 처음 웃었음을 경야를 마치고 며칠이나 지난 다음에야 깨달았다. 그리고 내가 가까스로 음식을 먹는 동안 두 사람이 사정 모르는 사람이 들으면 곧장 잊어버릴 법한, 아무런 자극도, 모난 가시도 없는 이야기를 다정한 어조로 계속 들려주었다는 사실 역시 뒤늦게 깨달았다. 그것이 애정이 아니라면 무엇이 애정이라는 말인가.

사랑도, 다정함도, 인정도 언제나 한 발짝 늦게 도착한다. 상대 탓이 아니다. 나의 둔감함 때문이다. 류타가 내게 남긴 것이 과연 사랑인지 아닌지 잘 모르겠다. 내가 그에게 했던 일조차 사랑인지 아닌지 알지 못하는 나는 그의 마음을 판단할 자격이 없다. 하지만 류타가 남겨 주고, 류타 어머니가 건네준 인정이 나를 보통의 생활로, 더 정확히 말하자면 보통의 생활로 어떻게든 가장할 수 있는 상태로 돌려놓아 주었음

---

* [편집자 주] 일본 이와테현에서는 소바를 한입 분량의 완코(椀子) 그릇에 담아 손님이 배부를 때까지 끊임없이 제공하는 전통이 있다. 고지와 지아키가 고스케에게 음식을 두세 입씩 담아서 건네주는 모습을 완코 소바에 빗댄 것이다.

은 틀림없다. 어린아이가 옅게 인쇄된 글자를 따라 쓰면서 한 자 쓰기를 연습하듯이 나 또한 보통의 궤도를 따라 일하고 밥을 먹고 잠을 잤다. 그 같은 인정을 받지 못했다면 이런 나날조차 가지지 못했을 터다.

류타 어머니에게 이제 미안하다는 말은 하지 않겠다고 약속했다. 그럼 그 대신에 나는 무엇을 하면 좋을까.

경야를 지낸 지 한 달 뒤, 나는 류타 어머니 댁에 갔다. 삼 평 남짓의 거실 구석에 있는, 허리 높이 정도의 옷장 위에 그의 사진과 유골함이 놓였다. 그 옆의 작은 국화 세 송이는 11월의 석양 아래 거의 시들어 있었다. 고등학교 때 학교를 마치고 집으로 돌아오면서 어머니 불단에 바칠 꽃을 몇 번인가 산 적이 있다. 시골의 채소 가게였음에도 국화 일고여덟 송이가 5000원 정도였다. 그 정도 가격의 꽃을 죽은 가족을 위해 새로 사 줄 수 없다면 얼마나 괴로울까. 하지만 그런 기색을 보이면 류타 어머니만 더 괴로울 뿐이라고 생각했다. 나는 향을 피우고 합장했다.

류타 어머니가 찻주전자에 뜨거운 물을 따라서 차를 우렸다. 나는 미리 사 온 과자를 꺼냈다.

"와, 밤과자네."

"네, 오부세도* 과자예요. 예전에 류타에게 주었던……."

"응, 맞네. 나 그때 한번에 세 개인가 네 개를 먹었어."

에고이스트

"아, 류타가 문자로 알려 줬어요. 엄마가 최근에 음식을 잘 드시지 않는데 이걸 많이 드셔서 기뻤다고요."

"그걸 기억하고 오늘도 이렇게?"

나는 웃으면서 고개를 끄덕였다. 그러고는 상자에서 밤과자 두 개를 꺼내 "류타와 이렇게 셋이서 밤과자를 먹기는 처음이네요."라고 말하며 류타의 사진 앞에 놓았다.

류타 어머니와 대화하는 순간은 내게 재활이었다. 그리고 류타 어머니에게도 그러기를 바랐다. 둘이 마주 앉으면 류타에 관한 추억이 터져 나왔고, 이야기를 주고받는 와중에 류타 어머니가 "사이토 씨를 만나기 전까지 내가 류타를 아주 괴롭힌 것 같네. 아마 원하지 않은 일도 계속 해야 했을 테고……."라고 운을 뗐다. 그때 숨이 멎을 만큼 긴장했다. 모든 신경을 집중한 채, 그러나 류타 어머니는 묘한 기색을 눈치채지 못하도록 애쓰면서 신중히 말을 골랐다.

"저한테도 일 얘기는 자세히 말하지 않았는데, 류타가 이랬었죠. '일은 힘들지만 후회하지는 않는다.'라고. 아무튼 제가 계속 제멋대로 행동했지요."

류타 어머니는 내 손을 잡더니 "고마워."라고 작게 말씀

---

* 일본 나가노현 오부세마치는 밤의 산지로 유명하다. 그곳의 밤을 사용하여 과자를 만드는 오부세도(小布施堂)의 밤과자가 특히 명성 높다.

했다.

류타 어머니가 두 번째 밤과자를 집었다.

"이거 정말 맛있네. 류타가 죽은 뒤로 먹고 싶은 게 생기긴 처음이야."

"밤이 제철이지요. 아, 어머니. 류타하고 같이 배랑 포도를 따러 여행 가신 적 있지요? 요즘엔 친구분하고 같이……."

"맞아, 맞아. 그저께였나? 친구가 전화해서 '기분 전환하러 함께 버스 여행이나 갑시다.' 하고 권했는데 말이야."

"좋잖아요. 그 친구분, 의료 분야에서 일하시는 분이죠. 류타가 얘기해 줬어요. 당일치기 여행이면 아무래도 체력이……."

류타 어머니는 모호하게 웃더니 "아, 차 더 줄게." 하고 부엌으로 갔다. 그러고는 다시 찻주전자에 넣을 물을 끓였다.

둘의 이야기가 멈추자 텔레비전도 없는 방에서는 오로지 가스레인지의 불을 켜는 소리만이 들린다. 저녁 6시 전이었다. 창밖은 벌써 잿빛을 머금은 보라빛으로 바뀌었다. 그래도 류타 어머니는 전등을 밝히지 않았다. 처음으로 셋이 모여서 이곳 식탁에 둘러앉았던, 그 멋진 생일 파티를 떠올린다. 그때 류타 어머니는 식사를 마치자마자 전기포트의 뜨거운 물을 받아서 내게 차를 대접해 주었다.

나는 부엌 옆 현관으로 다가가서 류타 어머니에게 말씀

드렸다.

"저, 어머니. 저 담배 피우거든요. 류타가 정말 마음에 들어 하지 않았지만요. 물론 어머니 앞에서 피우겠다는 건 아닙니다. 어머니 몸 상태를 잘 아니까요. 다만 물 끓이는 동안 밖에서 한 대 피워도 될까요?"

류타 어머니는 "그래." 하고 웃어 보였다. 나도 마주 웃으며 "담배가 다 떨어져서 편의점 좀 다녀올게요." 하고 신발을 신었다.

아파트에서 일 분 정도 거리에 있는 편의점에서 갈색 편지 봉투를 산다. 그러고는 현금지급기에서 삼백만 원을 인출해서 편지 봉투에 집어넣는다. 지폐가 담긴 봉투를 다시 재킷 안주머니에 넣는다. 바로 류타의 집으로 돌아왔다.

문을 열자 류타 어머니는 거실에 앉아 있었다. 낮은 합판 식탁 위에 새로 놓인 찻잔에서 김이 피어올랐다.

마주 보고 앉으니 류타 어머니가 "외람된 질문 하나 해도 될까?" 하고 운을 뗐다.

"사이토 씨 어머니는 아마……."

"예, 제가 열네 살 때였습니다."

류타 어머니의 시선은 내 어깨 너머, 어딘가 먼 곳을 향한 듯했다.

"그랬구나……. 나는 말이야, 세 살 때 어머니를 잃었어.

그래서 어머니에 대한 기억이 거의 없지. 류타를 낳고 나 나름대로는 열심히 키운다고 했는데, 나한테 어머니에 대한 기억이 없어서인지…… '엄마로서 아이에게 이렇게까지 폐를 끼쳐도 될까?' 하는 생각이 머릿속에서 떠나지 않았어."

류타 어머니는 심호흡을 하더니 다시 나를 똑바로 쳐다보며 말씀을 이어 갔다.

"류타가 무슨 말을 한 적 없어? 나에 대해 뭐라고 말했어? 부탁이니까 제발 솔직하게 대답해 줘."

갑자기 내 어머니가 남긴 편지 글귀가 머리에 떠올랐다.

'미안해요. 정말로 미안해요.'

눈물이 나오려는 것을 간신히 참는다. 이 사람, 내 어머니와 똑같지 않은가. 오랫동안 병을 앓았기 때문만은 아닐 터다. 자신의 고통을 오히려 누구에게든 연신 미안하다고 말하는 것이 조금도 다르지 않다. 아니, 똑같지 않은가.

나는 오른손을 뻗어서 식탁 위에 놓인 류타 어머니의 양손에 포갰다.

"류타가 이런 말을 했었죠. 자기 어머니가 '미안하다.'라고 말씀할 때가 가장 괴롭다고요. 저도 어머니가 제게 늘 미안해하는 점이 가장 슬펐어요. 류타와 내가 서로 같은 마음임

에고이스트

을 깨달았을 때 저는 류타가 애인이라기보다, 뭐랄까 쌍둥이 동생처럼 느껴졌어요."

류타 어머니는 "그래…… 그랬구나……."라고 되뇌면서 조용히 울기 시작했다. 내가 손을 떼지 않으면 류타 어머니가 눈물을 닦지 못하리라는 점을 알면서도 나는 다른 한 손을 마저 뻗어서 류타 어머니의 양손을 감싸고 계속 어루만졌다. 나역시 눈물을 닦지 못한 채 가만있었다.

바깥을 보니 해가 완전히 저물었다. 나는 류타의 집을 나서기 전에 한 가지 더 마무리해야 했다. 눈물을 닦은 뒤 마주보고 웃으며 류타 어머니에게 작별 인사를 건넨다. 맞잡은 손을 놓은 다음, 그대로 재킷 안주머니에서 봉투를 꺼낸 뒤 둘 사이에 놓았다.

"이건……?" 하고 류타 어머니가 물었다. 나는 좀처럼 말을 꺼내기가 어려워서 봉투를 류타 어머니의 손에 쥐여 줄 뿐이었다.

류타 어머니가 봉투 안쪽을 힐끗 보시더니 바로 안색이 바뀌었다. "이런, 안 돼." 하고 내게 봉투를 도로 내밀었다.

나는 흐트러진 자세를 바로잡고 무릎을 꿇어앉은 채 류타 어머니를 바라봤다.

"어머니. 류타는 어머니를 위해 노력했고, 저도 그런 류타를 응원했습니다. 비록 이젠 류타가 없지만, 그렇다고 제가 어머니를 응원하면 안 되나요? 어쩌면 애인이라기보다 동생 같았던 사람을 잃은 지금, 형으로서 그 아이를 대신하고 싶은데 안 되나요?"

연신 고개를 숙이고 있던 류타 어머니를 향해 나는 말을 이었다.

"솔직하게 말할게요. 지난 삼 년 동안 저는 이런 식으로 류타를 응원했어요. 이 정도 액수까지는 아니었지만요."

류타 어머니가 놀라서 얼굴을 들었다. 나는 양손을 바닥에 내려놓고 한 마디 한 마디 끊어 가며 말했다.

"류타가 먼저 부탁하지 않았어요. 제가 먼저 그러자고 말을 꺼냈어요. 지독한 일을 계속해야 할 상황이라면 같이 힘내 보자고. 류타가 죽었다고 이 모든 걸 없었던 일처럼 여길 수는 없어요. 어머니도 계시니까요. 여기에 계시니까요."

류타 어머니는 나를 지그시 바라보며 눈물을 주룩주룩 흘렸다.

"어머니는 아까 부모로서 어떻게 해야 할지 몰랐다고 말씀하셨는데, 심지어 저는 앞으로 부모가 될 일조차 없을 테니 더더욱 모를 거예요. 좀 과장하자면 저는 세상 물정을 하나도 모르는 사람이라서 이런 경우에 돈으로 때우는 방법밖에 몰라요. 하지만 저는 류타를 대신할 수 있어서 조금 기뻐요. 어머니도 친구분과 버스 여행을 다니시고, 조금이나마 뭐든 맛

에고이스트

있게 드시고 돌아오시면 잘된 일이잖아요. 그거면 충분하지 않을까요? 말이 좀 그렇지만 비슷한 사람들끼리 이 같은 '조금'을 더하며 살아가면 되지 않을까요."

이렇게까지 말하자 류타 어머니가 마침내 봉투를 양손으로 정중히 받았다. 그러고는 "미안해. 미안해."라고 또 말씀했다. 나는 바로 "류타도, 저도 어머니한테서 미안하다는 말을 듣기가 정말 괴로웠다고 말씀드렸죠?"라고 가능한 한 농담처럼 대꾸했다. 류타 어머니는 "그러네. 이제 그런 말 하지 않을게. 고마워. 정말 고마워."라고 얘기하며 눈물 속에서 미소 지었다.

유골 매장식에 와 달라고 초대받았지만 거절했다. 류타 어머니는 '꼭' 오라고 했으나 해야 할 일도 있고, 가족도 아닌 사람이 홀로 참석해서 다른 유가족들의 의심쩍은 시선을 받는 일도 내키지 않았다. 유골을 묻은 지 이 주가 되었을 때, 류타 어머니의 안내를 받아서 그의 묘소에 향을 올렸다. 함께 류타의 집으로 돌아오니 류타 어머니가 내게 뭔가를 내밀었다. 지난 버스 여행 때 사 왔다면서 나무쪽 세공품을 본뜬 휴대폰 스트랩과 녹슨 주홍색으로 옻칠한 젓가락을 선물했다. 류타의 유골을 묻은 뒤 친구와 함께 여행을 했다고 한다. 벌써 인화한 사진을 들여다보니 비슷한 연배의 여자 두 분 사이에서 류타 어머니가 웃고 있었다. 진심으로 웃는 표정은 아닐지 몰라도 확실히 웃고 있었다. 나는 그 사진을 바라보며 류타 어머니가 알아채지 못하도록 몰래 안도의 한숨을 내쉬었다. 그러고는 그 자리에서 휴대폰 스트랩을 바꿨다.

이제 그 휴대폰 스트랩은 완전히 엉망이 되었지만 나는 여전히 새로 바꾸고 싶지 않다.

11

두 달에 한 번씩 200만 원 정도의 돈을 건넨다. 한 달에 한두 번은 같이 식사를 하고, 류타 몫의 음식도 식탁에 차려 둔다. 차를 마시면서 류타에 관한 추억을 되새긴다. 그것이면 충분하다고 생각했다.

요즘 편의점이나 서점 계산대에서 지갑 속 물건들을 이따금 떨어뜨린다. 그럴 때마다 곧잘 동전을 바닥에 떨어뜨리던 류타가 생각난다. 그런 기억이 불쑥 치밀면 울고 싶거나 구토감을 느낀다. 그래서 나는 지갑을 열 때마다 세차게 떨리는 손가락을 가눌 수가 없다. 거의 기다시피 바닥에 엎드린 채 흩어진 동전들을 줍고, 또 도와준 사람들에게 감사를 전한 뒤 잽싸게 화장실로 뛰쳐 들어간다. 나는 이제 공중화장실 칸

에고이스트

막이 뒤에서 우는 사람이 돼 버렸다.

그래도 류타 어머니를 만나면 잠시간은 아무 데서나 우는 상태로부터 벗어날 수 있었고, 잘 마시지도 못하는 독한 술을 신경 안정제 삼아 퍼마시지 않아도 잠들 수 있게 되었다. 자만일 수도 있지만, 아마 류타 어머니도 나와 같은 마음이리라고 믿었다.

식사를 마친 뒤 대화가 일단락되면 늘 류타 어머니를 쉬게 하고, 내가 설거지를 맡았다. 환풍기를 씻어 달고 그 아래서 담배를 두세 개비 피우고 나면, 류타 어머니는 어느새 가벼운 숨을 내쉬며 잠들어 있었다. 분명 평상시엔 선잠만 주무실 테지. 나는 발소리를 죽이고 곁에 다가가 앉아서 연보라색, 목탄색, 먹물색으로 바뀌어 가는 창밖을 바라보며 그 숨소리를 듣는다. 그러는 사이 내 시야의 윤곽도 차차 흐려진다. 이윽고 정신을 차려 보면 나 역시 이불 옆에 드러누워 있었다.

눈을 떴을 때 이미 막차를 놓친 적도 있다. 그러면 류타 어머니가 여기서 자고 가라며 자리를 권한다. 감사 인사를 올리고, 벽장에서 이불과 베개를 꺼낸다. 그리고는 불을 끄고 바닥에 누우니, 아직 희미하게 남아 있는 류타의 살냄새 때문에 아침까지 잠을 이루지 못한다. 슬픈지 그리운지 좀체 알지 못한 채, 꾹 소리 죽여 울었다. 다만 류타가 죽은 뒤로 아직 세탁하지 못한 내 방 베개에 얼굴을 묻고 울 때보다 눈물이 훨씬 달았다.

류타가 세상을 떠나고 십여 개월이 지난 2008년 여름, 류타 어머니에게 함께 살자고 말을 꺼낸 까닭은 엉뚱한 변덕이 아니라 단순히 저금해 놓은 돈이 바닥났기 때문이었다. 두 사람이 따로 사는 것보다 한집에서 같이 사는 편이 훨씬 경제적이었다. 물론 그런 사정은 조금도 말하지 않고 그저 "무슨 일이 생기면 근처에 사람이 있는 편이 좋잖아요."라고만 권했다. 류타 어머니는 그러한 나의 제안을 무척 감사하게 생각했으나 "더 이상 신세 지면은 내가 벌받을 거야."라고 말하며 사양했다.

"벌이라뇨. 그런 말을 들으면 제가 정말 괴로워요……."

"미안해……. 하지만 그렇게 말할 수밖에 없어."

"그렇게 말할 수밖에 없다뇨, 무슨. 그럼 제가 납득할 수 있게끔 말씀해 주세요."

끝까지 물고 늘어지는 내게 류타 어머니는 말이 없다. 방 안엔 쉼 없이 돌아가는 환풍기 소리와, 공기를 흔들어 대는 미지근한 바람 소리, 방충망을 뚫고 날아드는 모기 소리만이 감돌 뿐이다.

잠시 동안의 침묵. 이윽고 류타 어머니가 내게서 얼굴을 돌린 채 스러지는 목소리로 말씀했다.

"한 번으로 됐어. 내 마음이니 들어주렴……."

에고이스트

나는 놀라서 말을 잃었다. 사방에서 들려오는 매미 울음 소리가 몇 배나 더 거세지며 머릿속에서 울려 퍼진다.

분명 나는 내가 구원받고 싶어서 이 집을 자주 찾았다. 그래도 '류타 어머니가 나로 인해 조금은 구원받고 있다.'라고 지금껏 믿어 왔다.

류타 어머니는 바보처럼 주저앉은 나를 향해 머리가 바닥에 닿을 정도로 예를 표하며 "돈도 이젠 신경 쓰지 마."라고 말씀했다.

잇따라 얻어맞은 느낌이었다. 극심한 외로움이 나를 덮쳤고, 그런 스스로에게 나 역시 놀랐다. 류타 어머니의 자식이 되고 싶다든지, 류타의 역할을 완벽히 대신하고 싶다든지, 그런 바람을 가진 적은 없다. 줄곧 그렇게 생각해 왔음에도 같이 살자는 제안도, 돈도 모조리 거절하니 나라는 존재가 류타 어머니의 세계에서 완전히 추방된 것 같았다.

마땅히 대답할 말도 찾지 못한 채 나는 느릿느릿 일어나서 현관에 놓인 신발을 신는다. 인사도 올리지 않고 밖으로 나오니 지긋지긋한 매미 울음소리가 내 온 힘을 빼앗으려는 듯 달려든다. 있는 힘을 다해 아파트가 보이지 않는 모퉁이 쪽으로 돈다. 여기서 오 분만 걸으면 버스 정류장에 도착하는데, 나는 전혀 모르는 집의 콘크리트 담벼락에 등을 기댄 채 주저앉았다. 티셔츠를 입은 등 뒤로 따가울 정도의 열기가 전해졌고, 나는 순식간에 땀투성이가 됐다. 담배에 불을 붙이고 생각을 정리하려고 했지만 눈이 아린 것이 연기 때문인지, 땀 때문인지 아니면 다른 뭔가가 눈에 어렸기 때문인지 정신을 가다듬을 수 없었다. 나는 해가 저물 때까지 계속 거기에 앉아 있었고, 결국 며칠 동안 극심한 두통을 앓아야 했다. 옹졸하다는 사실을 알면서도 그 뒤로 류타의 집을 방문하기는커녕 전화조차 걸지 않았다.

어떤 미사여구를 늘어놓든 내가 오직 류타 어머니를 위해서 돈을 주지 않았음은 확실하다. 류타에게도 똑같이 굴었다. 나는 류타를 돈으로 샀고, 류타 어머니와 보내는 시간 역시 돈으로 샀다. 이런 관계를 누군가 계약이라고 불러도 전혀 이상하지 않다.

한 사람을 잃었음에도 나는 여전히 남아 있는 소중한 사람한테 똑같은 짓만 되풀이하고 있었다. 어떤 성장도, 깊은 고민도 없이, 새로운 깨달음마저 발견하지 못한 채 나는 같은 장소에서 같은 각도로, 단지 힘에 의지해 파고들 뿐이었다. 나는 단순한 동작밖에 할 줄 모르는 싸구려 드릴 같은 인간이다. 이런 행동이 사랑일 리 없다. 자신의 행동을 '사랑'이라고 표현하는 데 주저하지 않는 인간과 나는 서로 다른 세계에 살고 있는 것이다.

류타는 내가 제안한 계약에 응했고, 결국 죽었다. 그리고

에고이스트

류타 어머니는 도중에 내 손을 놓았다. 그렇다. 원래 이 관계는 류타의 장례식에 참석하는 것으로 전부 끝낼 생각이었다. 그 관계를 여기까지 이어 온 것만으로 이미 충분히 과하지 않은가. 이제 끝났다. 앞으로는 나를 위해서만 돈을 쓰고 살아갈 것이다.

오모테산도힐스에서 청바지와 티셔츠를 구입한다. 내가 좋아했으나 한동안 방문하지 못했던 식당에 간다. 친구와 대만 여행을 떠난다. 그런데 그 모든 일들은 류타를 만나기 전과 비교가 되지 않을 만큼 얄팍한 즐거움으로 바뀌어 있었다. 여름은 그저 길기만 했다.

9월이 끝나 갈 무렵, 류타 어머니에게서 연락이 왔다. 10월, 류타의 기일에 함께 묘지에 가자고 권했을 때 빛을 잃은 내 시야 안에 돌연 색깔이 깃든 느낌이었다. 류타 어머니의 목소리가 의외로 쾌활했으므로 기뻤다. 10월 중순, 묘소를 참배하고 같이 집으로 돌아왔을 때 류타 어머니는 옷장 위에 둔 류타의 영정을 거실 탁자에 놓더니 "할 얘기가 있어."라고 하며 나를 앉혔다. 류타 어머니는 무릎을 꿇고 앉아서 "류타에게도 그렇고, 내게도 지금까지 정말 고마웠어."라고 하며 고개를 깊이 숙였다. 그러고는 "저기, 얼마 전에 '돈은 이제 신경 쓰지 마.'라고 말했었지."라고 말씀했다. 내가 고개를 끄덕이는 모습을 보고 류타 어머니는 말을 이었다.

"그간 계속 신청했었는데, 지난달에 드디어 생활 보호를 받게 됐어. 이제 의료비가 들지 않는다는 뜻이야. 자립……이라고 하면 좀 이상하겠네, 나라가 돌봐 주는 거니까. 그래도 이렇게 자네에게서 자립하게 됐어. 자네와 약속했으니까 이제 미안하다고는 말하지 않겠지만 한 번만 더 할게. 여태까지 정말 계속 폐만 끼쳤어. 미안해. 그리고 다시 한 번 정말로 고마워."

어깨 힘이 다 빠져서 기진맥진하다. "그러셨어요……."라고만 대꾸한 채 말을 잇지 못한다. 바보 같은 표정을 짓고 있을 내 얼굴을 보더니 류타 어머니가 "왜 그래?"라고 물으며 깔깔 웃기 시작했다.

"아니, 사실…… '돈은 이제 됐어.'라고 하셨을 때 좀 낙심했거든요."

"그래? 어째서?"

"내 도움이 필요 없는 걸 넘어서 오히려 폐를 끼친 건 아닐까, 하는 생각이 순간 들어서 말예요……."

내 대답에 류타 어머니가 웃음을 멈추고 나를 똑바로 쳐다보았다.

"부탁할게. 그런 말은 두 번 다시 하지 마. 나는 자네가 정말 좋아. 자네가 류타하고, 내 착각이 아니라면 나 역시 사랑해 주었음을 잘 알고 있어. 하지만 이제 더는 속 편히 신세만 질 순 없다고 생각했어."

"사랑 아니에요. 그러니까 저는 사랑이 무엇인지 잘 몰라요."

"아니, 자네는 몰라도 돼. 나는 내가 받은 것이 사랑이라고 생각해. 그걸로 충분하잖아."

"예. 고마워요."

"나도 고마워."

잠시 차를 마시고 이야기를 나눈 뒤, 나는 정말 오랜만에 혼자 요리를 만들었다. 류타 어머니는 "같이 만들자."라고 했지만, 내 어머니가 돌아가시고 아버지에게 해 드렸듯이 꼭 내가 대접해 드리고 싶었다. 류타가 좋아했던 닭튀김을 만들기로 했다. 먼저 생강을 갈아서 버무리고 간장과 술을 섞어서 재운 다음, 마침 똑 떨어진 전분을 류타 어머니와 함께 사러 간다. 색이 물든 나무들과 드높은 하늘을 쳐다보면서 슈퍼마켓까지 천천히, 아주 천천히 걸어간다. 청경채와 표고버섯으로 수프를 끓인다. 류타 어머니에겐 닭튀김이 아니라 닭양념구이를 만들어 드린다. 다 준비된 식탁 위에 류타의 액자를 가져다 놓는다. 김이 모락모락 피어오르고, 이야기가 오가는 우리 둘 사이에서 액자 속 류타는 언제까지나 웃고 있었다.

그 뒤로 주말마다 나는 반드시 류타의 집을 방문하고, 류타 어머니와 함께 묘지에 다녀왔다. 그러고는 식칼을 쥐고 음식을 만들었다. 워낙 요리 솜씨가 좋은 류타 어머니의 입맛에 맞았으리라고는 생각하지 않는다. 그래도 "먹고 싶은 음식이 생기면 늘 내가 만들어 먹어야 했는데, 이렇게 대접받는 게 얼마 만인지." 하고 들떠 있는 류타 어머니에게 톳조림이며 채소국을 내놓는 일은 적잖이 즐거웠다.

　식사를 마치고 류타의 어렸을 적 사진을 보면서 과거 이야기를 듣는다. 이야기는 자연스레 류타뿐 아니라, 그 당시 류타 어머니에 관한 이야기로도 흘러갔다. 그중 내가 유독 크게 웃었던 부분은, 류타가 아니라 예전 결혼 상대였던 남편에 대한 지독한 험담이었다. 남편을 '그놈'이라 부르고, '그놈'이 얼마나 하찮았는지를 마치 배우가 무대 위에서 기나긴 대사를 능수능란하게 선뵈듯이 기세 좋게 말씀했다.

　"집에서 아무것도 안 하는 사람이었어. 아직 큰 병에 걸리기 전, 류타가 막 중학교에 들어갔을 때 내가 감기로 앓아누운 적이 있었어. 난생처음 40도가 넘는 고열에 시달렸지. 이불 속에 몽롱하게 누워 있자니 그놈이 머리맡 쪽으로 다가오는 거야. 나를 걱정해서 왔나 했는데, 웬걸 '밥 아직이야?' 하고 말하는 거야. 화내려고 해도 힘은 물론이고 목소리조차 나오지 않았어. 내가 그 정도면 보기만 해도 아픈 걸 알 수 있였을 텐데, 계속 '안 들려? 밥 아직이야?' 하고 소리치는 거야.
류타가 아직 중학교에 들어가기 전 어느 여름날에는 아예 여
자를 집까지 데리고 온 적도 있어. '류타가 보면 어떡해? 그런
생각 안 했어?' 하고 악을 썼더니 '그 녀석은 수련회 갔잖아.
알고 있다고.'라고 말하는 거야. 결국 그 여자랑 도망치듯이
집을 나갔는데, 차라리 나는 그 사람한테 감사할 정도야. 역
병 같은 그놈을 스스로 치워 줬으니 말이야. 그런데 몇 년 뒤
에 불쑥 전화가 오더라. 돈 달라는 소리였지. '나는 지금 병을
앓는 데다 류타가 겨우 벌어 오는 판국에 무슨 염치로 전화했
어?' 하고 소리를 빽 질렀더니, 이번에는 류타를 뜯어먹으려
고 하더라고. 나는 태어나서 그때만큼 화난 적이 없었어. 전
화를 내던지듯 끊은 것도 그때가 처음이야. 정말이지 그놈한
테 감사한 게 하나 있다면 바로 내게 류타를 준 것뿐이야."

이야기 도중에 끼어들려고 했지만 아무래도 어디서 웃어
야 할지 몰랐기에 다만 입술을 세게 깨물고 있었다. 그런 내
모습을 보더니 류타 어머니는 재빨리 부끄러운 듯 "미안해."
라고 말씀했다.

"네? 왜요?"

"아니…… 이런 이야기나 해서……."

나는 드디어 편히 웃음소리를 냈다. 한동안 웃음이 멎지
않았다.

"전혀요. 오히려 조금 안심했어요. 어딘지 모르게 생기 넘치는 모습을 보니 말예요."

"무슨! 창피해. 이런 걸로 생기가 넘치다니. 사이토 씨 부모님은 서로 오붓했지?"

"그렇긴 하지만 친구 중에 이혼한 사람도 많이 있어요. 그들에게 그들 나름의 사정이 있다는 사실도 알아요. 그리고 우리 어머니도 아버지한테 감정이 폭발할 때가 있었고요. 그런데 그런 얘기를 아버지한테 들은 건 아주 최근 일이에요. 어렸을 때 저는 고립된 채 살아왔거든요. 그러니 이상하게 들릴지도 모르지만 지금 조금 기뻐요. 속 깊은 이야기도 들려주시는구나, 해서요. 이런 얘기는 류타에게 절대 할 수 없었지요?"

"응. 그런데 참 이상하네. 왜 사이토 씨한테는 이야기하게 될까."

"하하하. 그건 아까 말씀하셨잖아요. 힘이 없으면 화도 내지 못한다고. 오늘은 원기가 넘치시네요."

"그러네. 정말 그러네."

우리는 그대로 잠시간 계속 웃었다.

류타의 집을 나와서 버스를 타고 기타노역으로 향하는 내내 이런 나날이 계속됐으면 하고 바랐다. 그런 생각을 품고 있으면 어쩐지 소망이 이뤄질 것 같아서 오래도록 바라고 또

에고이스트

바랐다.

12월이 끝날 무렵, 부모님 댁을 찾았다. 고향 집에서 어머니의 묘비를 헌 수건으로 닦고 있는데, 낯선 번호의 사람이 음성 메시지를 남겨 두었다. '나카무라 다에코의 조카'라고 스스로를 밝힌 사람이 류타 어머니의 입원을 알렸다.

12

지식이 있음을 행복이라고는 할 수 없다. 내 어머니는 병
을 진단받자마자 바로 그 병에 관한 책들을 읽었다. 당신의
병이 실제보다 더 빨리 진행된다면 어떻게 되는지를 미리 알
았던 것이다. 아마 아무것도 몰랐더라면 그러한 편지를 남기
지 않았을 터다. 어머니는 그 편지를 울면서 썼을까. 절망과
공포에 기력을 잃은 채로 썼을까. 그것도 아니라면 자신의 운
명을 저주하면서 편지를 썼을까.

도쿄로 돌아온 뒤 병원을 찾아가니 6인 병실 구석에서
류타 어머니가 링거를 맞고 있었다. 류타 어머니는 나를 알아
보고 미소 짓더니 곁에서 간병하던 사람에게 "이쪽이 류타랑
내가 크게 신세 진 사람이야." 하고 나를 소개했다. 그 사람은

에고이스트

자기를 시바타라고 소개한 뒤 "바쁜 연말에 전화 드려서 실례했습니다."라고 얘기하며 고개 숙여 인사했다.

딱 정오 무렵에 간호사가 점심 식사를 가져왔다. 나는 시바타 씨에게 "제가 어머니 옆에 있을 테니 식사하세요." 하고 권했다.

시바타 씨가 병실을 나가는 모습을 본 뒤에 나는 류타 어머니의 손을 잡았으나 딱히 할 말이 생각나지 않았다. 이윽고 류타 어머니가 "자네는 언제나 사람을 걱정하게 하거나 놀라게 해." 하고 미소 지었다. 어떻게 대답해야 좋을지 몰라서 나는 그저 손을 잡은 채로, 아까 시바타 씨가 앉아 있던 의자로 옮겨 갔다.

"댁 아들이에요?"

건너편 병상에서 침대 머리판에 등을 기대고 앉아 식사를 하던 여든 살 정도의 노파 환자가 말을 걸었다. 그 환자 곁을 지키던 여성이 "실례했습니다." 하고 머리를 숙이자 류타 어머니는 "아니에요." 하고 대답했다. 그러고는 "제 아들이 정말 큰 신세를 졌던 사람이에요." 하고 조금 큰 소리로 웃었다. 간병하던 사람이 꽃병의 물을 갈려고 병실을 비웠을 때, 노파 환자는 또다시 "댁 아들이에요?" 하고 거듭 물었다. 류타 어머니는 똑같이 대답했다. 나는 그제야 류타 어머니와 같이 웃을 수 있었다. 류타 어머니는 내 얼굴을 바라보더니 마침내 숨을 돌렸다.

"아, 이제야 마음이 놓인다. 생각에 골똘히 잠긴 얼굴을 하고 있어서 말이야."

"아니…… 그냥 놀라서요."

"그래도 나는 다행이라고 생각했어. 자네가 돌봐 줄 때 이렇게 되지 않아서."

나는 "무슨 그런……."이라고 한마디 내뱉은 채 또 말문이 막혔다.

눈을 따갑게 하는 소독제 냄새가 다른 모든 생생한 냄새들을 덮어 버린 병원의 공기. 아무리 시간이 흘러도 이 냄새에는 도저히 적응이 안 된다. 분명 더 하얗을 이 벽지도 병원 냄새 때문에 변색됐을까. 중간중간 벗어진 것도 이 냄새 때문일까.

류타 어머니의 손을 잡고 창밖을 내다보니 앙상한 나뭇가지가 거센 바람에 흔들린다. 간간이 나뭇가지와 함께 창틀도 흔들거렸다. 오래된 병원이었다.

나는 과감히 물었다.

"어머니, 혹시 입원하실 걸 알고 생활 보호 신청을……?"

류타 어머니는 눈을 감고서 입가에 미소를 떠올렸다.

"언제 입원할진 모르더라도 십 년 가까이 아프면, 그러

에고이스트

니까 언제쯤 자기 몸이 말이지······."

나 역시 눈을 질끈 감고 류타 어머니의 손을 더욱 꼭 잡았다. 이 사람은 알고 있는 것이다.

"하지만 그대로 있었으면 자네는 또 막무가내로 나를 돌보려고 했을 거야. 그런 일, 바라지 않았어."

여기서 "그렇지 않아요."라고 말하든, "제가 돌보면 어때서요."라고 말하든 분명 류타 어머니에겐 부담만 되리라. 나는 단지 "그러셨어요." 하고 나직이 대답한 뒤, 다른 한 손으로 류타 어머니의 손을 감쌌다.

시바타 씨와 노파 환자의 간병인은 거의 같은 시각에 돌아왔다. 나는 잡고 있던 류타 어머니의 손을 놓고 누가 듣든 상관없는 흔하디흔한 얘기를 나누었다. 그러고는 다음에 또 찾아뵙겠다고 약속한 뒤에 병실을 나왔다.

지식이 있음을 행복이라고는 할 수 없다. 나는 어머니가 차차 죽어 가던 나날을 직접 목격했다. 어머니는 마지막으로 입원하기 사흘 전까지 부엌에 서 있었다. 입원하고 열흘 정도는 언제 병문안을 가든 늘 쾌활했다. 그런데 그 뒤로 코를 지나는 튜브, 심전도나 혈압을 표시하는 바이털사인 모니터, 침대 옆에 매달아 놓은 채뇨백, 산소마스크 등 여태껏 본 적 없는 물건들이 연이어 나타났다. 팔에 더 이상 링거를 꽂을 수 없으면 발가락 끝에 주삿바늘을 놓는다는 사실도 나는 그제야 처음 알았다. 어머니는 결국 병원에서 사십 일을 버티지 못했다.

　류타 어머니를 병문안하러 갈 때마다 눈에 익은 것들이 하나씩 늘어났다. 건너편 노파 환자의 "댁 아들이에요?"라고 묻는 말에 대답하는 류타 어머니의 목소리도 마치 계단을 내려가듯 점차 낮아졌다. 결국 링거는 발가락에 꽂혔고, 나는 평정심을 유지하는 데 전력을 다했다.

　"건강 회복하시면 장어 먹으러 가요. 어머니, 생선 좋아하시지요? 에도가와바시에 훌륭한 식당이 있어요. 류타하고 한 번 갔던 곳이에요."

　"아, 거기, 류타가 말했었어. 정말 신나서 이야기했었지. 초벌구이 장어가 아주 맛있다고 말이야."

　"맞아요. 그 집 초벌구이 장어는 정말 일품 중의 일품이에요. 입에서 봄눈처럼 아주 살살 녹아요. 윤기가 돌 정도로 기름지죠. 그러니 그거 드시고 건강 회복하셔야죠. 저랑 약속했어요."

　류타 어머니의 얼굴에 맺힌 땀을 닦는다. 그리고 환자용 물컵에 미지근한 물을 담아서 입술을 적신다. 나는 류타 어머니의 손을 쓰다듬으며 이야기를 이어 간다. 나는 내 어머니한테도 이렇게 했었다. 다만 그때와 다른 점이 있다면, 내 약속이 아마도 지켜지지 않으리라고 예감하고 있다는 사실이

에고이스트

171

리라.

또 뵈러 오겠다고 인사한 뒤 택시가 대기하고 있는 병원 현관으로 향했다. 그런데 시바타 씨가 나를 배웅하겠다며 나섰다. 1층 외래 접수처까지 왔을 때, 나는 마음먹은 바를 시바타 씨에게 이야기했다.

"저기…… 저는 열네 살 때 어머니가 돌아가실 때까지 병상 곁을 계속 지켰지요……. 이런 말씀 드리기가 얼토당토 않다는 걸 알지만…… 나카무라 류타의 어머니, 몸 상태가 그리 좋지 않지요?"

시바타 씨는 침통한 표정으로 고개를 끄덕이며 "입원하셨을 때 의사 선생님이 4단계라고 하시더군요."라고 말했다.

충분히 예상했던 대답임에도 말문이 막힌다. 잠시 멈춰서 있다가 간신히 시바타 씨에게 "앞으로 계속 병문안하러 와도 폐가 안 될까요?" 하고 물었다. 시바타 씨는 "네, 기꺼이. 사이토 씨가 와 주신 날에는 류타 어머님의 안색이 한결 좋아져요. 저 혼자 간병을 하다 보니, 제 가족한테 좀 미안하기도 해요. 아이가 아직 어린데, 자주 같이 있어 주지 못하니까요……."라고 말하며 머리를 숙였다. 나도 깊이 머리 숙여 답례한 다음에, 도착 램프를 밝히고 기다리는 택시로 향했다.

시간이 없다……. 시간이 없다!

13

그다음 주 토요일, 점심시간 전에 병원으로 향했다. 전철을 기다리며 시바타 씨에게 전화를 거니, 시바타 씨는 오늘 아이 일 때문에 도저히 병원에 갈 수가 없다며 나한테 몇 번이고 사죄했다. 하지만 나는 오히려 고마웠다. 그 누구에게도 방해받지 않고 류타 어머니와 대화할 수 있는 기회가 한 차례 생긴 셈이니까.

병실에 들어서니 류타 어머니는 산소마스크를 쓰고 있었다. 강한 진통제 탓인지 잠들어 있었다. 산소마스크를 썼기 때문일까, 류타 어머니의 가슴은 규칙적이지만 상당히 격렬하게 오르락내리락했다. 나는 병상 옆에 있는 의자에 앉아서 류타 어머니의 얼굴을 계속 바라봤다.

에고이스트

"당신이 아들이야?"

노파 환자가 또 말을 걸었다. 오늘은 간병인도 없는 것 같았다. 나는 웃는 얼굴로 고개를 가볍게 좌우로 저었다.

6인 병실이었는데, 어느새 환자가 두 명 줄어 있었다. 세 개씩 이 열로 정렬된 병상 중 가운데 자리가 각각 비어 있었다. '말소리가 다른 분들한테 폐가 되지 않겠지?' 생각하며 주변을 살폈으나 류타 어머니는 계속 잠들어 있었으므로 도저히 말을 걸 수 없었다. 바이털사인 모니터의 전자음만이 조용히 울린다. 한 시간 정도 지나자 류타 어머니가 천천히 눈을 떴다.

"아……." 하고 엷게 뜬 눈으로 내게 미소 지으며 손을 뻗었다. 나는 그 손을 잡았다. 작고 주름지고 약하디약하고 가칠가칠한 손. 그 뒤로 며칠 사이에 세상을 떠난 사람의 손이었다.

"와 주었네."

"네."

"기쁘다. 고마워."

류타 어머니는 한 번 더 "고마워."라고 말씀하더니 내 손을 맞잡았다. 기력은 거의 남아 있지 않았다.

눈물이 흐르지 않도록 입술을 힘껏 깨물었다. 희미하게 눈을 뜬 쪽은 류타 어머니였지만 오히려 시력을 잃은 건 바로 나였다.

"고스케 씨는 어디 지방 출신이라 했지?"

"네. 엄청 외딴 시골이에요. 그런데 어머니, 말씀을 많이 하시면…….

"괜찮아. 좀 떠들게 놔둬……. 자네랑 하고 싶은 얘기가 아직도 많아. 알았지?"

"……네."

나는 류타 어머니의 얼굴에 최대한 가까이 다가갈 수 있도록 의자를 당겨 앉았다.

"도쿄에 온 계기는……?" 하고 류타 어머니가 물었다.

"……하나로 딱 잘라 말할 순 없지만……." 하고 대답했을 때, 류타 어머니가 "부탁이야." 하며 내 말을 잘랐다.

"서먹서먹하게 굴지 말고…… 류타가 내게 이야기하듯이…… 자네가 자네 어머니께 이야기하듯이…….

나는 류타 어머니의 손을 맞잡고 이야기를 이어 갔다.

"하나로 딱 잘라 말할 순 없어. 그런데 어머니가 돌아가셨을 때, 같은 학급의 한 녀석이 우리 어머니를 놀리듯이 얘기한 적이 있었어. 그게 가장 큰 이유였는지도 몰라. 이따위 놈들하고 평생 얼굴을 마주한 채 살아가기는 죽기보다 힘들다고 생각했지. 그래서 도쿄로 나왔어. 사실 꿈이나 야망 같은 건 없었어. 단지 도망치고 싶어서 여기로 왔지."

에고이스트

175

"그렇구나……. 힘든 얘기를 물어봤네……."

"괜찮아, 신경 쓰지 마. 왜냐하면 도쿄로 오길 잘했다고 늘 생각하니까. 결혼도 않고 사는 불효자라서 죄송하지만 말이야. 그래도 그때 그 녀석은 아직도 용서할 수 없어."

흐릿한 시야 사이로 류타 어머니가 희미하게 웃은 것 같았다.

"그렇구나……. 나는 몸이 이런데도 여태 용서 못 한 사람이 많아……."

잠시 침묵이 이어졌고, 이윽고 류타 어머니가 다시 입을 열었다.

"하지만…… 자네는 이런 말을 들으면 화가 날지도 모르지만…… 나는 그때 그 녀석한테 조금 감사한 마음이야……. 만약 그 아이가 없었으면 류타는 자네와 만나지 못했을 테니까……. 나 역시 자네와 만나지 못했을 테고……. 그러니…… 용서하지 않아도 되지만…… 그럴 필요는 없지만…… 오늘부터 조금은 더 너그럽게 생각해도 좋을 것 같아."

더는 눈물을 참을 수 없었다. 얼굴 위로 눈물이 흘러넘친다. 가까스로 눈을 뜬 류타 어머니에게 적어도 우는 소리만큼은 들리지 않도록, 정말 온 힘을 다해 호흡을 가다듬으며 크게 고개를 끄덕였다.

건너편 병상의 노파 환자가 다시금 "댁 아들이에요?" 하

고 큰 소리로 물었다. 류타 어머니는 "네, 제 아들……." 하고
대답하다가 잠깐 말을 멈추고 숨을 골랐다. 그러고는 "네, 제
아들이에요……. 제 아들이에요……. 제 소중한 아들이에요."
라고 거듭 말씀했다. 사나운 파도처럼 더 크게 오열할까 봐
나는 맞잡지 않은 다른 손으로 내 입을 틀어막았다.

'있잖아요, 반대라고요! 당신을 격려하는 것도, 구원하는
것도 사실 다 제 역할이라고요.'

그렇게 외치려고 입을 열면 제대로 말하기도 전에 벌써
소리 내어 울 것 같았으므로 나는 입가를 감싸 쥔 손을 감히
뗄 수 없었다.

어머니는 잠시 잠에 빠져들었고, 내 눈물이 겨우 멎었을
즈음에 다시 엷게 눈을 뜨며 입을 열었다.

"있잖아, 버스 여행 갔을 때 샀던 기념 선물……."

"응."

나는 어머니의 손을 붙잡은 채, 나머지 한 손으로 주머니
속 휴대폰을 꺼내서 어머니 얼굴 가까이에 가져다 댔다.

"그래. 그리고 그……."

"옻칠 젓가락은 집에서 잘 쓰고 있어. 선물, 매우 기뻤어.
고마워."

"이상하지……. 남자한테 그런 색깔의 젓가락을 주다
니……."

"아니야. 내가 좋아하는 색깔이야."

"그걸 고를 때…… 나 말이야, 마치 내 어머니한테 드릴 선물을 고르는 것 같았어…… 나는 어머니에게 선물을 드린 적이 없으니까……."

"괜찮아. 어떤 생각을 했든 난 좋아. 내가 엄마의 어머니가 되기엔 운도 없고 나이도 어려서 좀 어색하지만, 어떤 생각을 했든 난 기뻐. 정말로 기뻐."

"헤어진 남편을…… 자네 앞에서 이야기한 뒤에…… 생각했어……. 나는 그때 헤어지고 나서…… 돌아갈 집도…… 이제 내 말을 들어 줄 어머니도 없었구나, 하고……."

류타 어머니에게 고개를 크게 끄덕여 보이자, 류타 어머니 역시 내게 고개를 끄덕이며 화답한다.

"자네는 류타 애인이지만…… 류타가 혹시 엄마한테 그러듯이…… 자네에게 응석을 부리진 않았을까, 생각했어……."

"괜찮잖아. 엄마를 위해 더 나은 미래를 소망하고 노력한 류타니까 그 정도 응석쯤이야 아무것도 아냐. 가끔 포상도 필요해."

"고마워……. 나도 너무 응석을 부렸네……. 괴로운 건 자네도 마찬가지일 텐데……."

"괜찮아, 이제. 류타에겐 엄마가 둘 있었던 거야. 그렇게 생각하자."

"고마워⋯⋯. 나에게도 엄마가 둘 있었네."

"나도 마찬가지야."

한동안 어머니는 몇 번이고 내 손을 맞잡았다. 나 또한 힘을 잃어 가는 그 손을 아프지 않도록 부드럽게 맞잡았다.

얼마나 그렇게 있었을까, 갑자기 어머니가 고통스러운 신음을 내뱉었다. 손을 너무 세게 잡았나, 아니면⋯⋯. 순간적으로 땀이 폭포처럼 쏟아져 나오며 전신을 타고 흘렀다. 나는 얼른 손을 떼고 병실의 비상벨을 누르려고 팔을 뻗었다.

"아니야⋯⋯."

어머니가 신음 섞인 목소리로 나지막이 말씀했다. 나는 그 입가 가까이에 귀를 가져다 댔다.

"아니야⋯⋯ 애석해서 그래. 왜냐하면 이제 끝이잖아⋯⋯. 이제 조금만 있으면 자네랑은 끝이잖아⋯⋯."

이제 눈물도 나오지 않을 만큼 모든 기력을 소진한 것이다. 그런데도 어머니는 끊임없이 나를 격려하고 구원하기 위해 힘겹게 말을 자아냈다. 내 말은 단지 그것을 받아들이기 위한 메아리에 불과했다.

시간이 없다⋯⋯. 시간이 없다!

나는 어머니의 오른손을 양손으로 감싸 쥔 채 바닥에 무릎을 꿇었다. 그리고 귓가 가까이에 입을 가져다 대고 말했다.

에고이스트

179

"끝 아니야. 끝 아니니까, 이제부터 시작이니까! 왜냐하면 하늘에서 류타가 기다리고 있잖아. 하늘에선 괴로운 일 따위 하나도 없어. 여태 겪은 고생은 전부 사라질 거야. 알았지? 드디어 류타와 행복하게 살 수 있는 거야. 이제부터 시작이야."

나는 감싸 쥔 손을 어루만지면서 흐느낌에 개의치 않고 계속 얘기했다.

"류타뿐 아니야. 저 하늘엔 내 어머니가 있어. 사이토 시즈코라고, 또 하나의 내 어머니가 먼저 가서 느긋하게 잘 지내고 있을 거야……. 찾아 줘, 부탁이니 부디 사이토 시즈코라는 사람을 류타와 함께 찾아 줘. 혹시 그런 이름을 가진 사람을 만난다면 '고스케라는 이름의 자식이 있나요?' 하고 물어봐. 그 사람이 맞다고 대답하면 그렇게 셋이서 한동안 느긋하게 기다리고 있어. 나도 언젠가 그곳에 갈 테니. 그러면 모두 모이겠네. 이제 행복한 나날이 시작되는 거야!"

모조리 지어낸 이야기였다. 나는 저세상 따윈 조금도 믿지 않았다. 뺨을 타고 흐르는 눈물은 진짜인데, 지금 이 순간이 정말 끝일지도 모르는데, 내 입술 사이로 술술 흘러나오는 말 속엔 무엇 하나 '진짜'가 없었다. 하지만 이런 얘기 말고는 달리 위로할 방법이 없었다.

도무지 떠오르지 않으니 별수 없다. 그렇게 생각하면서

도 죄송한 마음에 좀체 얼굴을 들 수 없었다. 눈앞에 자리한 어머니의 얼굴을 쳐다볼 수 없었다.

돌연 머리맡에서 "그러네……." 하는 한마디가 들려왔다. 어머니가 내 쪽을 향해 미소 지었다.

"류타하고 둘이서…… '아드님에게 얼마나 큰 도움을 받았는지 몰라요.'라고…… 말해야겠네…… 거기서부터 시작하는 거지?"

나는 목소리가 나오지 않아서 그저 눈물을 철철 흘리며 바보처럼 고개를 끄덕일 뿐이었다.

"나도 부탁할게."

나는 연신 고개를 끄덕인다.

"나한테도…… 몇 번이나 '미안하다.'라고 말했는데…… 앞으로 그런 말 하면 안 돼…… 시즈코 씨에게도 물론 그런 말 하면 안 돼…… 어머니한테 '미안하다.'라고 말해야 하는 일, 자네는 하지 않았어…… 시즈코 씨도 분명 같은 기분일 거야…… 나는 알 수 있어……."

어머니 묘소 앞에서, 그리고 불단을 마주하고 계속 미안하다고 되뇌었던 순간들이 주마등처럼 머릿속을 스쳐 지나갔다. 나는 바깥으로 울음소리가 새어 나가지 않도록 침대 가장자리에 얼굴을 묻고 신음하듯 울었다. 우우, 끅끅, 하고 말이 아닌 소리만을 토해 내며 울었다.

에고이스트

저세상 따위, 내가 모두 지어낸 이야기임을 여기 있는 어머니는 눈치챘을지도 모른다. 그 점을 알고도 더욱더 나를 구원하려고 거짓을 연기했을지도 모른다. 하지만 괜찮다. 이럴 수밖에 없는 관계에서 그럴 수밖에 없는 말을 했고, 나는 그토록 고대해 왔던 마음을 전해 받았다. 이 이상 무엇을 더 바라겠는가.

울음을 그치고 얼굴을 드니 어머니는 또 잠들어 있었다. 가슴께는 규칙적으로 오르락내리락했고, 입가엔 미소가 감돌았다. 창밖을 보니 해가 완전히 저물었다. 차가운 밤공기가 낡은 창틀 사이로 기어 들어온다. 밤이 깊을수록 더욱 추워지겠지. 조금이라도 몸을 덥힐 수 있다면, 하며 나는 어머니의 손을 꼭 붙들고 계속 어루만졌다.

다음엔 내 어머니 앞에서 합장하고 '미안해요.'가 아닌 다른 말을 건넬 수 있을까. 이십 년 넘게 바꾸지 못한 습관을 과연 버릴 수 있을까. 아니, 그렇게 해야만 한다. 어머니가 돌아가셨을 때 나는 '꼭 살아남은 모습을 보여 드리겠다.'라며 멋대로 약속했고, 또 그것을 내 방식대로 꾸준히 지켜 냈다. 지금 눈앞의 어머니와는 멋대로가 아닌 제대로 약속했으니 반드시 성실하게 지켜 내야 한다. 돌아가신 내 어머니는 어떻게 생각할까. 처음으로 '미안해요.'라는 말을 거둔 아들을 보고 의아하게 생각하려나. 아니면 눈앞의 어머니가 앞서 말씀했듯 '자식한테 미안하다는 말을 들으면 엄마로서는 괴로울 뿐이야. 드디어 깨달았구나.' 하며 웃을까. 이상하다. 나는 저 세상 따위 조금도 믿지 않는데.

문득 살펴보니 어머니의 두껍진 이불이 발치에서 젖혀져 있었고, 그 사이로 발가락 끝이 나와 있었다. 나는 잡고 있던 손을 내려놓고 일어서서 이불 위로 손을 뻗었다.

"아직 돌아가지 마……."

희미한 목소리에 돌아보니 어머니가 엷게 뜬 눈으로 이 쪽을 바라보고 있었다. 나는 고개를 끄덕이면서 마음속으로 이렇게 말했다.

'아무 데도 가지 않아. 여전히 곁에 있어. 왜냐하면 나와 어머니의 새로운 관계는 이제 막 시작한 참이니까. 이렇게 끝 난다면 너무 섭섭하잖아.'

머리맡으로 돌아와서 어머니의 오른손을 양손으로 감쌌더니 그제야 어머니가 천천히 눈을 감았다.

에고이스트

참고 문헌

미시마 유키오, 『가라앉은 폭포(沈める滝)』(1955)

제임스 볼드윈, 『조반니의 방(Giovanni's Room)』(1956)

상실에 기반한 유대

나는 『에고이스트』가 영화화되었다는 이야기를 먼저 들었고 대강의 줄거리를 훑어본 뒤에 우리말로 옮기기 시작했다. 소설의 제목 '에고이스트'에서 느낀 어떤 예감, 이를테면 어머니를 상실한 누군가의 깊고 진지한 일대기일 것 같은 예감, 그리고 연인과의 관계에서 과거의 상실감이 되살아나 파문을 일으킬 것 같은 예감을 가지고 아직 영화를 보지 못한 채, 이 줄거리가 어떻게 영상으로 옮겨질까 상상하면서 번역했다. 이 소설을 쓴 작가가 몇 해 전 세상을 떠났다는 사실 역시 글을 옮기는 내내 종이 밑에 깔린 그늘처럼 필자의 의식을 떠나지 않았다.

병든 어머니를 잃은 주인공 고스케는 자신과 똑같이 병

든 어머니를 보살피는 류타에게 모종의 '감정'을 느끼고 그와 사랑에 빠진다. 하지만 고스케는 류타와 사귀면서, 자기가 비열하게도 "전혀 모르는 타인을 이용"(39쪽)하고 있다고 자조한다. 이러한 상황을 통해 '에고이스트'라는 제목의 연유를 어렴풋이 짐작할 수 있었다. 그런데 소설을 읽는 동안, 고스케가 류타에게 가지는 '감정'을 단순히 동정심이나 보상 심리로 치부할 수 있을까, 하는 생각이 들었다. 앞 문장의 잔영을 따라 뒤 문장이 정연하게 이어지지 않고 불쑥 생뚱맞은 말이 먼저 튀어나오는, 즉 과거와 현재를 오가는 단절적인 전개 속에서 이음매를 찾으려고 애쓰는 사이, 점점 또렷이 드러나는 고스케의 모습은 액면 그대로의 '에고이스트'*가 아니었다. 고스케는 류타를 만남으로써 자기 '이야기를 새롭게 자아낼 수 있을지도 모른다.'(39쪽)라고 기대하며 '나의 어머니와 류타의 어머니는 다른 사람이면서 똑같다. 소중하니까 어쩔 수 없다. 어쩔 수 없으니까 살아갈 수밖에 없다.'(89쪽)라고 희망 섞인 체념을 하는데, 실상 삶 속에서 만난 류타를 더 나은 길로, 더 밝은 미래로 초대한 것이 아닌가. 누군가를 잃었을 때 느끼는 보편적 상실감과 슬픔 속에서 류타와 함께 어떤 희망을 공유

* egoist. 자신의 이해득실만을 꾀하고, 사회 일반의 이익이나 타인의 처지는 신경 쓰지 않는 사람.

하는 것이 아닌가.

그러나 류타는 그만 죽고 만다. 이제 고스케는 류타의 어머니인 나카무라 다에코와 유대 관계를 맺는다. 두 사람은 류타를 잃은 상실감에 기반하여 서로 엮이고, 옛 추억을 떠올리며 비로소 류타와 고스케가 연인으로서, 게이로서 사랑했음을 확인한다. 이 두 사람의 관계 역시 돈독해지는 듯하지만 오래지 않아 또다시 한 사람은 죽음을 향해 떠나가고, 나머지 한 사람은 사별을 마주하게 된다. 마지막 부분, 그러니까 고스케가 나카무라 다에코의 임종을 지키는 장면에서 두 사람이 다음 세상에서 만나자고 약속하는 대목을 보노라면 진한 슬픔이 전해져 온다. 여기서 못다 한 삶을 다음 세상에서 살자는 약속. 너무 일찍 떠난 류타와 다시 만나서 함께 살자는 약속. 고스케가 자신의 어머니 사이토 시즈코를 만나서 당신을 먼저 떠나보냈음을 더는 미안해하지 않고, 이렇게 멋진 새 가족을 만들어서 돌아왔노라고 자랑스럽고 기쁘게 얘기하겠다는 약속.

단지 세 명의 인물 중 두 사람이 죽었기 때문에 이 소설이 슬픈 것은 아니었다. 저 약속들이 현실에서 결국 실현되지 못했기에 슬픔이 밀려왔다. 이들이 다음 세상에서만 가능하다고 믿는 삶은 현실에서도 능히 이뤄져야 하건만, 온갖 크고 작은 정신적, 또 물질적 원인들이 그 같은 바람을 가로막고 있으므로 슬픈 것이었다. 성 정체성이 다르다는 이유로 친구들에게 놀림받아야 했던 어린 시절의 일(트라우마)은 고스케의 개인사 속에 자리해 있고, 한편 류타는 세 사람이 처음 만났을 때 어머니한테 고스케가 자기 애인이라고 소개하지 못한다. 촘촘한 순간들 속에 이미 스며들어 있는 현실의 벽들은 그러한 순간들로 이어지는 개인의 일생에 영향을 끼치고, 온전한 삶을 영위하려는 자연스럽고 기본적인 바람을 다음 세상에서나 겨우 꿈꿀 수 있는 것으로 만들어 버린다. 이렇게 개인은 현실로부터 소외당한다.

불안정한 비정규직을 전전하며 어머니를 보살피는 류타, 외딴 시골에서 분연히 도쿄로 올라온 지난날의 자기 결정과 대도시 도쿄의 LGBTQ 커뮤니티 속에서 살아가는 고스케, 요리가 취미였지만 지금은 거동하기조차 불편한 다에코. 세 사람이 알게 된 지는 오래되지 않았지만, 그리고 류타와 고스케의 사랑도 삼 년 남짓 길지 않았지만(금전적으로나 심정적으로) 류타와 다에코를 끊임없이 염려하는 고스케의 마음이 세 사람의 관계를 지탱한다. 고스케는 자신의 염려가 '계약'일 따름이고, 그저 상대를 '이용'할 뿐이라고 생각하지만 그의 마음은 류타와 다에코, 두 사람을 품기에 부족함이 없다. 소설을 다 읽은 뒤 필자에게 질게 남은 것은 바로 그 염려다.

『에고이스트』가 우리 주변의 소중한 사람들 그리고 성

소수자들과 약자들을 다시금 떠올리는 작은 계기가 되기를
바란다. 이곳은 우리 모두가 더불어 살아가는 세상이니까. 원
고의 매무새를 마술사처럼 다듬어 주는 유상훈 편집자와 또
한 번 작업할 수 있어서 기쁘고 감사하다.

유라주

옮긴이 유라주 번역가. 1980년 태어났다. 단국대학교 법학과를 졸업하고
히토쓰바시 대학원 언어사회과에서 시민 사회 연구로 석·박사 학위를 받았다.
대학교 연구원과 관공서 행정원을 거쳤다.

에고이스트

1판 1쇄 찍음   2023년 7월 21일
1판 1쇄 펴냄   2023년 7월 28일

지은이   다카야마 마코토
옮긴이   유라주
발행인   박근섭·박상준
펴낸곳   (주)민음사

출판등록   1966. 5. 19. 제16-490호
주소   서울시 강남구 도산대로 1길 62(신사동)
강남출판문화센터 5층 (06027)
대표전화   02-515-2000 | 팩시밀리   02-515-2007
홈페이지   www.minumsa.com

한국어판 ⓒ (주)민음사, 2023. Printed in Seoul, Korea
ISBN   978-89-374-1667-5 (03830)

* 잘못 만들어진 책은 구입처에서 교환해 드립니다.